beck'sche reihe

2 €

bsr

Dieses Buch ist ein Buch der Courage, der klaren Worte, des politischen Engagements. Ein Buch gegen Faschismus und Rassismus, ein Buch der Wut gegen Rechtsextremisten und skrupellose Multis, ein Buch gegen die Verlogenheit und die Grausamkeit in unserer Zeit. Es ist ein Buch für die Freiheit des Wortes, für die Achtung der Menschenrechte, für einen bewußten Umgang mit unserer einen Welt.

Johannes Mario Simmel hat sich nicht nur in seinen Bestseller-Romanen mit den wichtigen Themen des 20. Jahrhunderts befaßt; auch in seinen Reden – z.B. vor den Vereinten Nationen in New York – und in zahlreichen Artikeln hat er immer wieder furchtlos seine Stimme gegen Unmenschliches erhoben und mutig für eine abhanden gekommene politische Moral gekämpft. Dieser Band versammelt erstmals eine Auswahl seiner fulminanten Reden und Aufsätze.

Johannes Mario Simmel, geb. 1924 in Wien, veröffentlicht sein erstes Buch 1946. Er arbeitet lange als Journalist und Drehbuchautor für 36 Filme. Nach seinem siebten Buch wird er freier Schriftsteller. Simmel zählt zu den erfolgreichsten Autoren der Welt: Seine Romane erreichten eine Gesamtauflage von 72 Millionen und wurden in 33 Sprachen übersetzt. Viele Werke wurden verfilmt, u.a. von Willi Forst, Robert Siodmak und Wolfgang Staudte.

Simmel erhielt zahlreiche Preise und Auszeichnungen wie den Award of Excellence der „Society of Writers" bei den Vereinten Nationen, New York (1991), das Österreichische Ehrenkreuz für Wissenschaft und Kunst Erster Klasse (1992) und die Hermann-Kesten-Medaille des Deutschen P.E.N.-Zentrums für besondere Verdienste um verfolgte Autoren (1993).

† 01.01.09

Johannes Mario Simmel

Die Bienen sind verrückt geworden

Reden und Aufsätze über unsere wahnsinnige Welt

Eine Auswahl

Verlag C.H. Beck

Die Deutsche Bibliothek – CIP-Einheitsaufnahme

Simmel, Johannes Mario:
Die Bienen sind verrückt geworden / Reden und Aufsätze über unsere wahnsinnige Welt / Johannes Mario Simmel. – Orig.-Ausg. – München: Beck, 2001
(Beck'sche Reihe ; 1419)
ISBN 3 406 45959 5

Originalausgabe
ISBN 3 406 45959 5

Umschlagentwurf: + malsy, Bremen

Verlag C. H. Beck oHG, München 2001
Gesamtherstellung: Druckerei C. H. Beck, Nördlingen
Printed in Germany

www.beck.de

Für Lulu

in Gedenken und Liebe

Inhalt

DREI REDEN ZU GEGENWART, VERGANGENHEIT UND ZUKUNFT

BEGEGNUNGEN UND ERINNERUNGEN

Vorwort

In der Nacht vom 7. zum 8. Mai 1945 saß ich mit meiner Mutter vor dem Rundfunkapparat, und wir hörten eine Sprecherstimme diese Worte sagen: „Hier ist Radio Hamburg, ein Sender der britischen Militärregierung. Der Krieg ist zu Ende." Danach erklang Beethovens Neunte Symphonie. Als im Chorfinale des vierten Satzes die Worte „Alle Menschen werden Brüder" erklangen, brach meine Mutter weinend zusammen. In diesem von Nazi-Deutschland verschuldeten Krieg hatten sechzig Millionen Menschen das Leben verloren, darunter über zwanzig Millionen Russen, über fünf Millionen Deutsche und sechs Millionen Juden. Drei Monate später, am 6. und am 9. August, warfen Maschinen der amerikanischen Luftwaffe die beiden ersten Atombomben auf die japanischen Städte Hiroshima und Nagasaki.

Im Juni 1950 sagte ein schönes Mädchen zu mir: „Wenn jeder Mensch auf der Welt nur einen einzigen anderen Menschen glücklich machen würde, wäre die ganze Welt glücklich." Wir waren sehr glücklich und sehr jung und sehr arm, und am 25. Juni 1950, drei Wochen später, brach, unter stärkster Beteiligung von Truppen der USA, Truppenkontingenten weiterer fünfzehn Mitgliedstaaten der UNO und China, ein offener Krieg zwischen Süd- und Nordkorea aus, der drei Jahre dauerte.

In den folgenden fünfzig Jahren gab es rund 170 größere und kleinere Kriege, darunter so „kleine" wie in Vietnam oder Afghanistan, Menschenrechte wurden in vielen Ländern auf das grauenhafteste verletzt, Millionen Erwachsene der immer noch so genannten Dritten Welt und dazu täglich erdweit 40.000 Kinder verhungerten oder starben an Seuchen, der Kommunismus brach zusammen und schuf Platz für einen globalen Kapitalismus, die große Sowjetunion löste sich auf, Deutschland wurde wiedervereinigt, und nachdem ich 1938 die von Nazis gesprengte Synagoge neben meiner Schule in Wien gesehen hatte, sah ich 1998 in Lübeck eine andere, von Neonazis in Brand gesetzte.

Zwischen 1945 und heute habe ich eine sehr große Anzahl politischer Aufsätze und Artikel geschrieben. Ich habe politische Predigten von Kirchenkanzeln und Reden in Funk und Fernsehen und an den verschiedensten Orten gehalten – vor verzweifelten Eltern krebskranker Kinder in Düsseldorf, im deutschen P.E.N.-Zentrum Darmstadt, vor Studenten der polnischen Universität Posen, vor den Mitgliedern der Vereinten Nationen im Dag-Hammarskjöld-Auditorium in New York, in Wien zur Eröffnung der Ausstellung „Vernichtungskrieg – Verbrechen der Wehrmacht 1941 bis 1944" in den Räumen der „Österreichischen Alpenmilchzentrale". Diese schöne Stadt hat die herrlichsten Palais, Museen, Galerien und ein prächtiges Rathaus, doch nichts von all dem stellte man uns zur Verfügung.

Damals wählte ich für einen eben entstehenden Roman das Motto:

> Ich trinke auf das Wohl aller weisen Politiker und tapferen Generäle, aller wunderbaren Ideologen und verehrungswürdigen Bewahrer sämtlicher Religionen, die in dieser Welt seit Jahrtausenden um Frieden, Glück und Gerechtigkeit kämpfen – und auf das Wohl aller armen

Schweine, die diesen blutigen Schlamassel auszubaden haben.

Der Verlag C.H. Beck ist 237 Jahre alt. Ich bin sehr froh darüber, daß gerade dieses ehrwürdige Haus nun eine Auswahl meiner Reden und Texte bringt.

Als ich, auf das höflichste eingeladen, das schöne Verlagshaus betrat, empfingen mich eine Dame und zwei Herren mit solcher Freundlichkeit, solchem Vertrauen und solchem Wohlwollen, daß ich mich an dieser Stelle von ganzem Herzen bedanken möchte für eine gleichermaßen spontane wie überwältigende Verbundenheit – bei dem Verleger Herrn Wolfgang Beck, dem Cheflektor Herrn Dr. Detlef Felken und Frau Dr. Marla Stukenberg, meiner wunderbaren Lektorin. Des weiteren gilt mein Dank allen, die mit der Herstellung dieses Buches beschäftigt waren, ihnen allen und jedem besonders.

J.M.S.
Zug, im November 2000

LIEB VATERLAND MAGST RUHIG SEIN

Ganz kleine Kinderschuhe

An einem Spätnachmittag im Januar 1954 saßen Linda und ich in dieser Bar am Kurfürstendamm, nahe der Knesebeckstraße. Damals lag ein großer Teil Berlins noch in Trümmern, auch am Kurfürstendamm gab es viele Ruinen, und das Haus, in dem sich diese Bar befand, war halb eingestürzt. Die Mauern, die noch standen, zeigten unzählige Einschüsse.

Die Bar gehörte zwei Männern. Der eine hieß Bruno Kraszinski, der andere Karl Nuschetz. Karl nannte sich Charly und konnte Klavier spielen. Bruno stand hinter der Theke. Alle Getränke waren billiger als in anderen Bars, und das war damals sehr wichtig für uns. Charly und Bruno arbeiteten auch emsig auf dem Schwarzmarkt und träumten von einer größeren, schöneren und feineren Bar. 1954 mußte es noch diese sehr kleine tun mit den roten Samtmöbeln und den roten Wänden und den rot überzogenen Hockern am Tresen.

Der Tresen verlief wie ein großes L, und an der Schmalseite gab es eine Bank für zwei, das war „unsere" Ecke. Wir kamen stets am späten Nachmittag, da war es meistens noch sehr ruhig, und Charly spielte all die amerikanischen und französischen und englischen Schlager dieser Zeit, und wenn Linda und ich hereinkamen, spielte er „As time goes by", das war damals unser Lied. „Moon River" kam erst viel später. Charly spielte „As time goes by" auch noch, wenn wir schon saßen und einander ansahen, immer wieder, in Paraphrasen. Über dem rechten Auge trug er eine schwarze Klappe. Er hatte das rechte Auge im Krieg verloren, erzählte Bruno einmal. Er erzählte uns viele Geschichten, auch diese …

… Knapp nach sechs Uhr früh an einem kalten Wintermorgen des Jahres 1944 fuhr eine Frau in mittleren Jahren mit der Straßenbahn zur Arbeit hinaus nach Berlin-Siemensstadt. Es war dunkel draußen, in der Bahn mit ihren schwarz gestrichenen Scheiben, durch die wegen der alliierten Flieger kein Licht dringen durfte, brannten flakkernde, schwache Lampen. Die Menschen hatten bleiche, erschöpfte Gesichter, der Wagen war überfüllt, die Frau mußte stehen. Sie hätte auch stehen müssen, wenn der Wagen ganz leer gewesen wäre. Es war ihr verboten zu sitzen. Sie war eine sogenannte „geschützte" Jüdin, geschützt durch die Ehe mit einem „arischen" Mann, und zum „Arbeitseinsatz" verpflichtet. Auf ihrem Mantel trug sie in Brusthöhe einen Stern aus gelbem Stoff, darauf stand in schwarzer Schrift das Wort JUDE. Die geschützte Jüdin sah krank aus. Sie hielt sich an einer Lederschlaufe fest, die von der Decke herabhing und wurde im Ruckeln der Straßenbahn hin und her geworfen.

Ein Arbeiter mit Lederjacke und Schiebermütze, dessen rechtes Auge eine schwarze Klappe verdeckte, stand plötzlich auf und sagte laut zu der geschützten Jüdin: „Nu setz dir man, Sternschnuppeken!"

Die Frau sagte: „Ich darf nicht sitzen. Sie sind sehr freundlich, aber das ist verboten."

„Da scheiße ick aba druff", sagte der Mann, noch lauter. „Det is mein Sitz jewesen, und nu isset Ihra. Ick nehme doch stark an, niemand hat wat dajejen."

„Die Jüdin …", begann ein kleiner Mann.

„Halt die Fresse, Mensch, oda et setzt wat", sagte ein

Soldat, der sich offenbar auf Heimaturlaub befand. Und zu der Frau: „Nu los, Madame, wenn wa bitten dürften!"

Die geschützte Jüdin setzte sich und begann zu weinen.

Als der Einäugige später ausstieg, eine alte Aktentasche unter dem Arm, stieg auch der Soldat aus. Er gab dem Arbeiter die Hand und sagte: „Ick heiße Bruno Kraszinski. Hier haste meine Adresse. Man kann nie wissen." Er hatte während der Fahrt etwas auf eine Zeitung gekritzelt, die gab er nun dem anderen.

„Danke", sagte der. „Ick heiße Karl Nuschetz. Aba ick kann dir keene Adresse jeben, Kamerad. Mir hamse ausjebombt. Ick wohne zur Zeit mal hier und mal da."

„Uff de Zeitung steht ooch noch die Adresse von meine Tante", sagte Bruno. „In der Hasenheide lebt die. Irjendwo wirste ma schon finden."

„Sicha", sagte Karl. „Mußte zurick an de Front?"

„Ja."

„Allet Jute", sagte Karl. „Bald varrecken se, die Hunde."

„Wird noch 'ne Weile dauan, fürchte ick", sagte Bruno. „Also denn, bis nach'm Endsieg."

Sie schüttelten einander die Hand und gingen auseinander, jeder in eine andere Richtung, hinein in die Finsternis und Kälte …

… „So haben wir uns kennengelernt", beendete Bruno diese Geschichte, als er sie uns Jahre später erzählte. Er konnte auch Hochdeutsch sprechen, Charly nicht so gut. „Er hat mich doch tatsächlich gefunden, als ich aus Gefangenschaft kam, 1950. Na ja, und da haben wir uns dann zusammengeschmissen. Wo er doch so fein Klavier spielt, nicht?"

An jenem Nachmittag im Januar 1954, an dem es heftig schneite, waren wir lange Zeit die einzigen Gäste, und

Charly spielte sehr schön, und wir tranken unseren Kognak sehr langsam, denn viel Geld besaßen wir damals nicht. Bruno hatte drei Kerzen angezündet. Das tat er immer. Die Kerzen bekam er billig vom Schwarzmarkt, sagte er einmal. Wir sollten uns keine Sorgen machen.

Zu dieser Zeit hatten die beiden Männer bereits eine Barfrau. Das war ein blondes Mädchen, Elfi hieß sie, und auch Elfi betrug sich immer sehr freundlich zu uns. Eine richtige Schönheit war Elfi. Sie hatte uns einmal erzählt, daß sie elf Monate in dieser Goldgrube schwer arbeitete und sich jede Menge Trinkgeld geben ließ und auch mal mit einem Gast ging. Sie sparte eisern, und einen Monat in jedem Jahr fuhr sie nach Sankt Moritz, mit erstklassigen Koffern und wunderschönen Kleidern, da oben kannte sie keiner, und sie lebte so wie die feinen Damen, von denen sie in den Illustrierten las, und das war ihre größte Seligkeit: „Dann laß ich keinen drüber, nicht für eine Million!"

An diesem Abend hatte Elfi plötzlich mächtig zu tun, denn eine Gesellschaft von zehn oder elf Männern kam herein. Sie waren alle laut und lachten und waren bereits angetrunken.

„Tut mir leid", sagte Bruno zu uns.

„Ist doch schön für Sie", sagte Linda. „Wir gehen ohnedies bald."

„Bitte, bleiben Sie noch", sagte Bruno. „Die sind alle aus dem Westen, könnt' ich wetten." Der Westen, das war die Bundesrepublik. „Schauen Sie doch bloß: ausgefressen und Specknacken."

Als er das sagte, stand schon ein Dicker bei Charly am Flügel und fragte laut und ungehalten, ob er nur diesen ausländischen Dreck spielen könne, und Charly sagte, nein, er könne alles spielen, was solle es denn sein, und der Dicke verlangte „Das machen nur die Beine von Dolores“ und „Pack die Badehose ein“ und „Ach Egon, Egon, Egon“. Und Charly zuckte die Schultern und sah uns kurz mit dem einen Auge, das er noch hatte, an und begann mit den Beinen von Dolores, und ein paar von den angetrunkenen Gästen grölten den Text mit, und Bruno sagte zu uns: „Na bitte.“

Elfi nahm die Bestellungen auf, die Männer wollten Bier und weißen Schnaps, zwei wollten Champagner („Aber französischen, zeigen Sie mal die Karte, was haben Sie denn überhaupt französisch in diesem Loch?“), und einer betatschte Elfis Brüste und ihren Hintern, und sie schlug ihm auf die Finger. Keine angenehme Atmosphäre. Linda sah mich an, und ich nickte. Wir wollten wirklich gleich gehen.

Unmittelbar darauf öffnete sich die Tür, mit dem Heulen des Windes flog auch Schnee in den Vorraum, und ein kleiner, sehr magerer Mann trat unsicher und demütig ein. Der Mann hatte hohle Wangen, bleiche, von Ausschlag befallene Haut und dunkle, traurige Augen. Er nahm seinen Hut ab, und wir sahen, daß er nur noch wenige graue Haare besaß. In der Hand hielt er ein kleines Paket. Er nickte Bruno zu und auch Charly, der gerade mit Dolores fertig war und mit der Badehose begann. Der ältere Mann ging zu Charly.

„Verflucht“, sagte Bruno. „Ausgerechnet jetzt.“

„Was, ausgerechnet jetzt?“ fragte Linda.

„Kommt er.“

Der Mann sprach mit Charly, und man konnte erkennen, daß dieser ihm dringend empfahl zu verschwinden. Aber der kleine Mann schüttelte den Kopf. „Wer ist denn das?“ fragte ich.

„Ach, ganz armer Hund“, sagte Bruno, höchst irritiert. Er machte Charly Zeichen. Der zuckte die Schultern. Auch

Elfi, mit Servieren beschäftigt, redete im Vorbeigehen auf den kleinen, mageren Mann ein, gleichfalls vergebens. „Kommt immer wieder her. Goldstein heißt er. Hatte mal eine große Anwaltspraxis in Hamburg. Jude. Charly hat ihm hier ein Zimmer besorgt."

„Was trägt er in dem Paket?" fragte Linda.

„Kinderschuhe."

„Was?" fragte ich.

„Ganz kleine", sagte Bruno. „Er und seine Tochter und seine Frau kamen ins KZ, natürlich. 1942. Die Frau und die Tochter nach Auschwitz, er aus irgendeinem Grund nach Groß-Rosen. Als die Russen ihn befreit hatten, schaffte er den Weg nach Auschwitz. Die SS hatte das letzte Krematorium gesprengt, aber da standen dann, als die Russen kamen, eben immer noch die Baracken, und da lagen dann eben immer noch Riesenhaufen von Brillen und Kleidern und Prothesen und Frauenhaar und Koffern und Schuhen, was muß ich Ihnen erzählen, Sie waren ja dort, Herr Gilles ..."

Ja, ich war in Auschwitz gewesen, 1952, als Reporter. Auschwitz I. Auschwitz II – Birkenau, das Vernichtungslager. Auschwitz III – Monowitz. Im Museum von Auschwitz I hatte ich hinter Glas all das gesehen, wovon Bruno sprach – die Frauenhaare, die Prothesen, die Brillen, die Schuhe, die Kleider, die Koffer mit den daraufgeschriebenen Namen und Adressen ihrer einstigen Besitzer. IDA KLEIN, GRUPELLOSTRASSE 15, DÜSSELDORF. WAISENKIND. Niemals werde ich es vergessen. In Monowitz ließen die IG Farben eine Fabrik zur Produktion von synthetischem Gummi errichten, und dort und in den umliegenden Arbeitslagern schufteten Hunderttausende bis zum Verrecken für die deutsche Kriegsindustrie, und neben IG Farben bereicherten sich hier Konzerne wie Krupp,

Siemens und viele andere. Ach, klingende Namen haben unsere Konzerne in der Welt!

„... und bei den Schuhen gab es auch viele ganz kleine", sagte Bruno, „von vielen ganz kleinen Kindern eben. Und Goldstein hat da so ein kleines Paar rausgenommen, weil er davon überzeugt war, daß sie seiner Tochter gehörten. Miriam hieß die, vier war sie, als sie nach Auschwitz kam. Sie haben ihm hundertmal gesagt, daß Mütter und kleine Kinder sofort von der Rampe weg in die Gaskammern geschickt wurden, aber er glaubte es einfach nicht. Er glaubt es heute noch nicht. Seit 1946 läuft er mit den Schuhen in Berlin herum und zeigt sie allen Leuten und fragt, ob sie nicht wissen, wo seine Miriam ist, weil ihm angeblich jemand gesagt hat, seine Miriam wäre nach Berlin gebracht worden. Ein Jammer."

„Kümmert sich denn kein Arzt um ihn?" fragte Linda.

„Aber ja doch", sagte Bruno. „War auch ein paarmal in Anstalten. Hat alles nix genützt. Schuld sind diese Frauen."

„Was für Frauen?" fragte ich.

„Die überlebten, in Auschwitz. Er traf sie da, und eine erinnerte sich an eine Miriam, und sie erzählte ihm, die Kinder hätten ein Spiel gehabt: Was wäre ich am liebsten? Und da hätte diese Miriam gesagt: ‚Am liebsten wäre ich ein Hund, denn die SS-Leute haben Hunde gern.' Und deshalb glaubt er fest, daß die SS-Leute auch seine Miriam gern hatten und nicht umbrachten. Na also, da haben wir die Scheiße."

Goldstein, sahen wir, war von Charly fort zu den Männern gegangen, um ihnen die Schuhe zu zeigen und um sie zu fragen, ob sie nicht wüßten, wo seine kleine Tochter war.

„Herr Goldstein!" schrie Bruno. Aber es war schon zu spät. Der Dicke nahm dem kleinen Mann die Schuhe fort und hielt sie hoch, so hoch, daß Goldstein sie nicht erreichen konnte, auch wenn er es versuchte, indem er sprang. Der Dicke ließ ihn springen. Er hatte ein rosiges Gesicht, kein brutales, nein, ein anziehendes, gutmütiges. Er war ein großer, dicker Mann, der mit einem kleinen, dünnen Mann seinen Spaß hatte.

„Geben Sie ihm sofort die Schuhe wieder!" schrie Bruno. Der Dicke dachte nicht daran. Die meisten seiner Freunde waren angewidert und sagten das auch, aber ein paar waren entzückt, und der Dicke warf die winzigen Schuhe einem Freund zu, der entzückt war, und der stand auf und warf sie einem Dritten zu, und Goldstein hetzte zwischen ihnen hin und her und sprang und sprang, und wir hörten ihn rufen: „Wiedergeben! Bitte! Bitte, wiedergeben!"

Elfi kam mit einem Tablett voller Gläser und stieß mit dem Dicken zusammen, und das Tablett krachte auf den Boden, Glas splitterte, und Elfi, diese Lady für einen Monat im Jahr, sagte empört zu dem Dicken: „Hören Sie auf damit! Sofort! Das ist gemein von Ihnen!"

Der Dicke sah Elfi erstaunt an, schüttelte lächelnd den Kopf und beschäftigte sich wieder mit ihren Brüsten.

„Na warte, du Scheißkerl", sagte da Charly, der schon seit einiger Zeit nicht mehr Klavier spielte. Er stand auf, ging an Elfi vorüber und sagte dabei scharf zu ihr: „Renn weg!" Danach schlug er dem Dicken eine Faust ins Gesicht, worauf der instinktiv die Hände hochnahm, und Charly schlug ihm mit aller Kraft in den Bauch. Der Dicke japste nach Luft und setzte sich auf den Boden.

„Sie auch weg!" sagte Charly zu Goldstein. „Los, los, los, hinter die Theke!" Während er noch sprach, sprang ihn ein Freund des Dicken von hinten an und hielt ihn fest, und ein anderer Freund begann, Charly systematisch in die Magengrube zu schlagen. Ein Dritter nahm die Kinderschuhe und warf sie gegen die Spiegelwand des Tresen, an der viele Flaschen standen. Die Schuhe fegten ein paar Flaschen von den Regalen, die rissen andere mit, einige zerbrachen, es stank nach Alkohol, und Bruno rannte zum Telefon und wählte eine kurze Nummer, sehr wahrscheinlich die Funkstreife, dachte ich.

Währenddessen hatte Elfi einen Besen erwischt und drosch damit wie von Sinnen auf die Männer ein, die Charly zusammenschlugen.

Goldstein war erstarrt stehengeblieben. Der Dicke zog ihn heran und begann auf den kleinen Mann einzuprügeln, immer nur auf den Kopf des kleinen Mannes, der vor ihm zurückwich und wimmerte: „Nicht ... nicht ... bitte nicht ..."

„Du kleiner Saujud", sagte der gemütliche Dicke, während er Goldsteins Kopf traf, wieder und wieder und wieder, „da sitzt man friedlich und ruhig und trinkt sein Bier, und da kommt so einer. Dich haben sie vergessen zu vergasen." – Drei Männer waren begeistert auf des Dicken Seite, die anderen protestierten lauthals und standen auf und schrien den Dicken und seine Freunde an, daß sie sich wie Schweine betrügen, und versuchten Goldstein zu helfen. Damit begann die Keilerei.

Nun, da ich diese Geschichte aufschreibe, denke ich an die Berliner Wahlen im Januar 1989, bei denen die CDU und die FDP zusammen ungefähr so viele Stimmen verloren, wie die sogenannten „Republikaner" gewannen, die aus dem Nichts auf sieben Komma sechs Prozent sprangen und deren Chef ein ehemaliger SS-Mann namens Schönhuber ist. Sieben Komma sechs Prozent für eine deklariert deutsch-nationale Partei von „Patrioten", die indessen mit dem Wort „rechtsradikal" nicht genügend charakterisiert sind. Es handelt sich um eine Partei ähnlich der NPD, die schon Ende der fünfziger Jahre in die Landtage einzog, also um eine Neonazi-Partei. Damals, zu Beginn des Jahres 1954, gab es bereits wieder Rassismus und Antisemitismus, zwar noch nicht in der großen Politik und als Parteiprogramm, aber im kleinen, und Neonazis beschmierten jüdische Grabsteine und warfen die Steine um und schändeten sie mit Kot.

Bruno hatte rasend schnell am Telefon gesprochen, jetzt rannte er, um seinem Freund Charly und der schönen Elfi zu helfen. Die Mehrheit der Männer war empört über das Vorgehen des Dicken und seiner fröhlichen Freunde und versuchte, die Minderheit zu stoppen, und als Folge gab es eine immer größer werdende Prügelei, bei der jeder jeden traf. Bruno bekam eine Faust in die Zähne und spuckte Blut und sprang einen Mann an, der Charly schlug, und das Menschenbündel stürzte zu Boden, und der Dicke traf noch immer den Kopf des wimmernden Goldstein und sagte dazu: „Sechs Millionen – daß ich nicht lache. Höchstens zwei."

Na ja, und als er ganz nahe an den Tresen herangekommen war, sagte ich: „Nazisau!" – Der Dicke ließ von Goldstein ab, sah mich mit seinen gutmütigen Kinderaugen an und sagte: „Sag das noch mal, du Arsch."

Also sagte ich es noch mal und nahm meine Brille ab. Ich war damals ziemlich kurzsichtig, im Alter wurde es besser. Linda wußte, daß ich mich höchst ungern prügelte, aber in meinem Beruf war das manchmal nötig, und da ich ohne Brille wenig sah, kämpfte ich, wenn ich kämpfen mußte, so unfair wie möglich, um eine Chance zu haben.

Ich rutschte aus unserer Ecke und trat den Dicken in den Unterleib, so fest wie ich konnte, und er schrie und setzte sich wieder auf den Boden, und ich trat ihm auf die Hände und hörte Lindas Stimme, aber nun prügelten sich so viele

Leute, daß ich sie nicht mehr sah, noch dazu ohne Brille. Einer warf einen Stuhl, der mich an der Schläfe traf und auf den Rücken stürzen ließ. Bevor ich wieder hochkam, sprang mich ein anderer an und traf mit seiner Faust mein Gesicht. Ich schlug zurück, aber ich erwischte den Kerl nicht, er mich schon, immer wieder im Gesicht. Die Haut über einer Augenbraue sprang auf und begann mächtig zu bluten, und ich sah alles auch noch durch einen roten Schleier, also fast gar nichts mehr, und plötzlich kniete der Kerl über mir und begann mich systematisch zusammenzuschlagen, hauptsächlich traf er die Brust. Es tat sehr weh, ich bekam kaum noch Luft und hatte Angst, daß der Kerl, den ich nicht sehen konnte durch diesen Blutvorhang, mich noch umbringen würde, wenn das so weiterging, da kippte er plötzlich zur Seite und rührte sich nicht mehr. Als rote Silhouette erblickte ich Linda, die sich über mich beugte. Sie hatte einen Schuh ausgezogen und dem Kerl mit dem Absatz auf den Schädel geschlagen. An diesem Tag trug sie Schuhe mit hohen, spitzen Stöckeln. Der Kerl rührte sich noch immer nicht, und ich dachte, daß Linda ihm vielleicht die Schädeldecke durchschlagen hatte und wie schön das doch gewesen wäre, da riß sie mich hoch und gab mir meine Brille und meinen Mantel, ihren hatte sie schon an, sah ich durch den Rot-Vorhang, denn noch immer lief mir Blut von der aufgesprungenen Braue über die Augen. Und der Kerl rollte stöhnend zur Seite.

Linda schrie: „Herr Goldstein!"

Da war er, klein und zitternd, und während die Prügelei weiterging, riß Linda uns zur Ausgangstür, und gleich darauf standen wir in der eisigen Kälte des Kurfürstendamms. Es schneite heftig, Sturm peitschte uns harte Flokken ins Gesicht, Linda rief: „Seine Schuhe!" und rannte noch einmal, nur mit ihrem linken Schuh, in Brunos Bar, der rechte, mit dem sie zugeschlagen hatte, war ihr entglitten.

Ich hielt Goldstein fest, der andauernd umzufallen drohte, und da kam Linda zurück, immer noch hinkend, ihren rechten Schuh hatte sie offenbar nicht gefunden, aber sie hielt die beiden winzigen Schuhe in der Hand, die Goldstein von einem großen Haufen ähnlich winziger Schuhe in Auschwitz mitgenommen hatte und die er seit neun Jahren jedem, der es sich gefallen ließ, zeigte und dabei fragte, ob er wisse, wo seine kleine Tochter Miriam sei, und Linda gab diese Schuhe Goldstein. Dann rannte sie auf den Damm – am rechten Fuß nur einen Nylonstrumpf. Ein Taxi kam, und Linda hob beide Arme, der Chauffeur bremste, sein Wagen drehte sich auf der glatten Straße, Linda riß den Schlag auf und schrie Goldstein an: „Rein mit Ihnen! Hier ist Geld. Morgen vormittag kommen Sie zu uns!“ Und zweimal schrie sie ihm die Adresse im Grunewald ins Ohr. Zu dem Fahrer, der fluchte, sagte sie: „Hier, die zwanzig sind für Sie. Entschuldigen Sie, was ich getan habe, aber es ist sehr dringend. Bitte schreiben Sie die Adresse auf und bringen Sie den Herrn sicher heim.“

„Ist jut, liebe Dame“, sagte der Taxichauffeur, und tatsächlich kritzelte er etwas auf einen Block, dann fuhr er los.

Linda packte mich und rannte mit mir, der so wenig sah wegen des Bluts, auf dem Gehsteig bis zur Knesebeckstraße und in diese hinein. Hier war es finster, und ich war ziemlich erledigt und lehnte gegen das stehengebliebene Stück Mauer einer Ruine, und Linda formte einen Schneeball und wischte damit Blut fort, und es kam immer neues, und nun hörten wir die Sirene einer Funkstreife, das Heulen wurde lauter und starb dann ab, Wagentüren knallten, und Linda wischte mir immer noch Blut aus dem Gesicht, es tropfte auf meinen Mantel und auf ihren, der Schneesturm zerrte an uns, und ich sagte: „Das mit dem Stöckel hast du großartig gemacht."

„Mein Gott, wie ich Nazis hasse."

„Weißt du, wir sollten heiraten", sagte ich.

WIDER DEN FASCHISMUS

Die Spur der Täter

Rede auf dem Stephansplatz in Wien gegen Haiders Ausländerhetze am 23. Januar 1994

Liebe Mitmenschen,
heute vor einem Jahr kam es mit dem „Lichtermeer" zur größten politischen Demonstration der Zweiten Republik. Mehr als eine viertel Million Menschen bekannte sich damals leidenschaftlich gegen jede Art von Fremdenhaß, dagegen, daß „Ausländer" für Wohnungsnot, Schwarzarbeit und Schulprobleme verantwortlich gemacht wurden. Eine „Allianz der Vernunft" sollte eine neue Politik ermöglichen und damit: Wahrung der Menschenrechte, Reformen statt Ausgrenzung, faire Verfahren für Asylbewerber, gleichberechtigtes Miteinander und – niemals Kompromisse mit den extremen Rechten.

Das war am 23. Januar 1993.

Und was geschah danach?

In Deutschland brannten Nacht für Nacht Heime von Asylbewerbern, Ausländer wurden ermordet, kleine Kinder angezündet. Die Nazis sind auf dem Vormarsch wie noch nie seit 1945. Das gilt auch für Österreich, wo Briefbomben als vorläufiger Höhepunkt des Terrors Menschen schwer verletzt haben, die sich für die Rechte von Ausländern einsetzen. Gibt es eine Spur der Täter? Leider nein, sagt man uns, das ist alles so schwer. Es ist deshalb so schwer, weil die neuen Nazis – mit ihrem Nationalsozialismus! – paradoxerweise etwas geschaffen haben, wovon die Linken nur träumten: eine Internationale.

Warum war eine so grauenvolle Eskalation bei uns möglich?

Sie war möglich, und es tut mir sehr, sehr weh, das feststellen zu müssen, weil die Sozialdemokraten mit ihrer Mehrheit in der Regierung eben nicht gesagt haben: Was da im „Lichtermeer" gefordert wurde, war der Wille des Volkes, den wir zu erfüllen haben. Weil Sozialdemokraten eben nicht die Ausländergesetze so änderten, wie es das Volk wünschte, obwohl denn doch feststeht, daß die Politiker für das Volk dazusein haben – und nicht das Volk dazusein hat für die Politiker. Die Regierung, und hier in erster Linie die Sozialdemokraten, haben die Ausländergesetze nicht nur nicht zum Besseren geändert, sie haben sie verschärft!

Ferner: Es gibt – nicht nur bei uns, in der ganzen Welt! – heute größere soziale Not, mehr Arbeitslose, weniger Arbeitsplätze. Dabei hält Österreich auf der Liste der zehn reichsten Länder der Welt den Platz 7! SPÖ und ÖVP erklären immer wieder, daß sie in erster Linie sozial denken und handeln. Alle Veränderungen und neuen Gesetze auf diesem Gebiet sind aber zumindest sozial unausgewogen oder schwer unsozial. Dazu ignoriert die Regierung – ich sage bewußt: ignoriert, denn ich kann mir nicht vorstellen, daß ihren Mitgliedern das nicht bekannt wäre – folgendes: Alles, was jetzt gegen Arbeitslosigkeit getan wird, ist schon in nächster Zukunft bloß eine Groteske. Politiker der ganzen Welt wissen seit mehr als 20 Jahren: Auch in der größtmöglichen Wirtschaftsblüte wird es immer weiter einen zweistelligen Prozentsatz von Arbeitslosen geben, weil Computer, Roboter und 24 Stunden laufende „intelligente" Maschinen nur Platz für eine stark verringerte Zahl von Arbeitern lassen. Wir brauchen deshalb – in der ganzen Welt, und das schnellstens! – die

Schaffung einer neuen Gesellschaft! In unserem Sozialmanifest fordern wir dies: Neuverteilung von Arbeit und Einkommen. Mitglieder der Regierung sagen, die Forderungen unseres Manifests seien ihre Forderungen. Warum erfüllen sie diese dann nicht? Warum bewegen sich die Regierenden immer weiter, wie mit Scheuklappen, in alten, unbrauchbar gewordenen Geleisen? Wenn wir überleben wollen, müssen wir solidarisch handeln! Das ist unsere einzige Chance! Ebenso wie weltweit solidarisches Handeln unsere einzige Chance ist, mit ökologischen Maßnahmen zu verhindern, daß diese Welt in knapp vierzig Jahren nur noch ein Traum der Hölle sein wird. Warum geschieht auch hier nichts – oder nur unfaßbar wenig?

Wir haben erlebt, was es bedeutet, wenn Politiker und politische Parteien ohne Moral handeln. Die Nazis kannten keine Moral. Sie begingen die größten Verbrechen in der mir bekannten Geschichte. Sie sind schuld an einem Krieg, in dem 60 Millionen Menschen das Leben verloren. Europa lag in Trümmern. Von unseren Städten blieb nur der Wind, der hindurchging durch sie. Heute sind unsere Parteien stolz darauf, daß alles, was sie tun, moralisch gerechtfertigt ist – so sagen sie unentwegt. Ich sage: Es ist nicht moralisch gerechtfertigt!

1994 ist Wahljahr. Wenn unsere Regierung fortfährt, derart unmoralisch zu handeln, arbeitet sie Nazis und Rechtsextremen direkt in die Hände. Dann wird sie bei der Wahl die Quittung bekommen von Protestwählern und sehr vielen Nichtwählern. Vielleicht sind manche Politiker unserer Regierung bereits so zynisch und unmoralisch, daß ihnen das gleich ist. Uns ist es nicht gleich! Darum stehen wir hier – und viele, viele Hunderttausende, Millionen, die nicht hier stehen, denken wie wir – und bitten gemeinsam mit uns die Regierung: Besinnt euch!

Besinnt euch auf das erste und wichtigste Gesetz, das euch leiten muß – auf das Gesetz der Moral! Ändert die unmenschlichen Gesetze! Macht menschliche Gesetze für die Menschen, die euch gewählt, für alle Menschen, die sich euch anvertraut haben! Noch habt ihr Zeit. Nicht mehr viel.

Auf das „Lichtermeer" habt ihr nicht reagiert. Wenn ihr nun wiederum nicht reagiert, wenn ihr unsere Forderungen wiederum nicht erfüllt und so in der beschriebenen Weise unabsehbar Rechtsextreme und Nazis stärkt, wenn ein zweites Jahrtausendverbrechen geschieht, dann seid ihr mitschuldig, dann seid ihr mitschuldig, dann seid ihr mitschuldig!

„Küßt die Faschisten, wo ihr sie trefft!"

„Welchen Sinn soll es haben ... aufzurechnen", fragte der Kanzler der Deutschen, „wie dies einige von uns noch immer tun? ... Wir nehmen unsere Geschichte ohne Wenn und Aber an – mit ihren großartigen, aber auch mit ihren schrecklichen Seiten. Niemand von uns kann und darf sich einzelne Teile davon heraussuchen oder andere verdrängen."

Johnny Klein, neuer Regierungssprecher, erklärte zehn Tage nach seinem Amtsantritt: „Die Waffen-SS war doch eine kämpfende Truppe, keine Verbrecher. Die glaubten, ihr Vaterland verteidigen zu müssen." Das sollten die Kinder in der Schule lernen. Denn ein Volk verträgt es nur schwer, „unversöhnt mit den Toten (zu) leben". – „Wir stehen zu unserer Vergangenheit", sagte Klein. „Wir haben Milliarden an Wiedergutmachung für die Überlebenden des Holocaust gezahlt."

Darauf sind unsere christlichen Politiker besonders stolz. Sie haben sich bei den Juden entschuldigt und den „großen Frieden mit den Tätern gemacht", wie Ralph Giordano es formulierte. So glaubten sie, einen neuen Anfang wagen zu dürfen. Der Kommentator der Nürnberger Rassengesetze wurde unter Adenauer Chef des Bundeskanzleramts, Hitlers Generäle bauten die Bundeswehr auf, und Willy Brandt hatte sich dafür zu rechtfertigen, daß er im Krieg auf der anderen Seite stand. In der ganzen Bundesrepublik gibt es bis zu dieser Stunde kein Mahnmal für die Opfer der Judenvernichtung, und die „Deutsche Gesellschaft für

Schädlingsbekämpfung" vertreibt bis zu dieser Stunde ihr Spitzenprodukt „Zyklon B", das in Gaskammern Anwendung fand, nur der Name wurde geändert. „Wenn's um Geld geht, sind die Juden sofort da" – das sagte vor längerer Zeit jener norddeutsche Bürgermeister. Herr Stoiber sprach davon, daß unser Volk durch die vielen Ausländer in Gefahr stehe, „durchrasst" zu werden. Wir hatten den Historikerstreit. (Ohne Stalin kein Hitler). Wir hatten die „Auschwitzlüge". (Wurden überhaupt keine Juden ermordet!) Wir haben niemals gestanden, und wir haben niemals bereut.

Ach, immer schon wußte ich: Der Nationalsozialismus war die größte und stärkste und vor allem echteste und reinste Volksbewegung, die es jemals bei uns gab. Bereits vor Jahrzehnten kam die NPD in die Landtage, nun ist sie wieder da – und mit ihr kamen die Republikaner.

Erschüttert fragt meine Freundin: Hat unsere Demokratie derart versagt? – Liebste, Demokratie wurde uns von den West-Alliierten *befohlen.* Eine funktionierende, eigene hatten wir nie. Am 20. April, dem 100. Geburtstag Hitlers, schickten viele ausländische Eltern ihre Kinder aus Angst nicht zur Schule. Und in Berlin werden Jungen und Mädchen von ihren deutschen Eltern täglich in das Gymnasium gebracht und wieder abgeholt, weil sie auf neonazistischen Schwarzen Listen als Angehörige von „Antifa-Familien" stehen und darum zusammengeschlagen werden sollen.

„Ausländer raus!" schreit Schönhuber. Er ist stolz darauf, Deutscher zu sein, schreit er. Wir alle müssen stolz sein, fordert er.

Das alles ist gewiß zum Erbrechen für anständige Menschen. Aber noch viel mehr zum Kotzen finde ich, wie sich CDU und CSU verhalten. Keine Rede davon, daß sie diese

Pest bekämpfen. Im Gegenteil, da waren sich alle Unions-Herren sofort einig: Sie müssen noch weiter rechts außen stehen als NPD und Republikaner, damit sie deren Stimmen bekommen. Die Stimmen! Die Stimmen! Wenn man die braucht, macht man eben ganz schnell aus Massenmördern Ehrenmänner und Kämpfer für das leidgeprüfte deutsche Vaterland. Widerwärtiger geht es nicht mehr?

Abwarten!

Falls es sehr knapp wird bei der nächsten Bundestagswahl, dann sind NPD und Republikaner auch koalitionsfähige Demokraten – wetten? In Österreich hat das in Kärnten soeben mit Jörg Haider, diesem Kämpfer für großdeutsche Ehre und Sauberkeit, prächtig geklappt. Was denn, was denn? Nur keine Skrupel, wenn die grauenvolle Gefahr besteht, daß die Sozialdemokraten zu stark werden!

Wie können wir uns wehren, ohne die Schönhubers zu Märtyrern zu machen? fragt meine Freundin.

Hör zu, ich war im Januar in Auschwitz. Ich habe im Museum dort die Berge von abgeschnittenem Frauenhaar gesehen, die Gebirge von Brillen, Prothesen, winzigen Kinderschuhen und Koffern. Und Auschwitz II, das Vernichtungslager. Und Auschwitz III (Monowitz), wo sich IG Farben und Siemens und Krupp und viele andere bereicherten an der Arbeit von Hunderttausenden, die da bis zum Verrecken schuften mußten für die Nazis. Märtyrer? Verflucht, schlagt die Faschisten, wo ihr sie trefft. Sollen sie doch schreien, sie seien Märtyrer! Schrien sie doch schon ein paarmal! Und nicht nur sie, sondern auch alle jene, die sie nun noch übertreffen zu müssen glauben, um an der Macht zu bleiben. Wir haben überhaupt nur eine Chance, wenn wir nicht so sind wie die ewig Zaudernden und Wägenden, denen Tucholsky mit Häme entgegenhielt: „Küßt die Faschisten, wo ihr sie trefft!“

Wenn wir die Neu- und Altnazis nicht zurückjagen in ihre Rattenlöcher, wenn wir uns über die Bundestagswahl hinaus eine Regierung gefallen lassen, die diesen Verbrechern nachhechelt, dann gute Nacht, und es ist dann nicht schade um uns.

Kein Toter ist tot

Rede auf der Tagung des P. E. N. am 13. Mai 1993 in Darmstadt über Exil, altes Schriftstellerleid und neues Deutschland

Der Frau, die ich am meisten liebte, sagte ich oft eigensüchtigerweise, ich wolle unter allen Umständen vor ihr sterben. Einmal antwortete sie darauf: „Kein Toter ist tot, solange es auch nur einen einzigen anderen Menschen gibt, der an ihn denkt. Dann ist dieser Tote immer da für den, der noch lebt. Der Lebende wird ihn fühlen, er wird ihn spüren. Das Beste von einem, der stirbt, bleibt zurück bei dem Menschen, der ihn liebt. Er ist dann in ihm, der Tote in dem Lebenden. Und so bleiben sie zusammen für alle Zeit."

Dieser Abend ist in Trauer, Zorn und größter Verehrung den vielen toten und den vergleichsweise wenigen noch lebenden deutschen Schriftstellern gewidmet, die von den Nazis aus dem Land gejagt worden sind und deren Bücher deutsche Menschen in deutschen Städten verbrannt haben – am 10. Mai 1933, vor drei Tagen war das genau 60 Jahre her.

Die Tragödie jener Schriftsteller ist eine Geschichte der Verweigerung von primitivster menschlicher Solidarität, eine immerwährende Schande für viele Berufskollegen und viele Politiker, und sie ist verbunden mit einer goldenen Legende.

Dieser Legende zufolge schloß der Internationale P.E.N. auf seiner Tagung im Mai 1933 in Dubrovnik all jene deutschen Nazi-Schriftsteller aus, die damals gerade den deutschen P.E.N. übernommen, sich in einer Ergebenheitsadresse an Hitler zu den Zielen des Dritten Reiches bekannt, die Verbrechen der Bücherverbrennung bejubelt und jüdische, sozialistische, kommunistische, liberale und pazifistische Autoren aus Deutschland gejagt hatten.

Es wäre also, der goldenen Legende zufolge, beim diesjährigen P.E.N.-Kongreß in Dubrovnik hervorragend Gelegenheit gewesen, jener Großtat des Internationalen P.E.N. vom Mai 1933 zu gedenken. In zahlreichen deutschen Zeitungen ist das P.E.N.-Zentrum der Bundesrepublik dafür gerügt worden, daß es – was indessen *nicht* gerügt wurde – genauso wie insgesamt 80 von weltweit 116 P.E.N.-Zentren an diesem 59. Kongreß der Internationalen Schriftstellervereinigung nicht teilnahm – allerdings erst, nachdem das deutsche sowie fast alle anderen Zentren angesichts des grauenvollen Krieges im ehemaligen Jugoslawien den Präsidenten des kroatischen P.E.N., Herrn Professor Slobodan Novak, darum ersucht hatten, nur ein Arbeitstreffen zu veranstalten, und, als dies abgelehnt wurde, fast flehentlich um eine Verschiebung des Kongresses gebeten hatten, was gleichfalls abgelehnt wurde.

Der kroatische Staatschef Franjo Tudjman, Mitglied des dortigen P.E.N., in dessen Land Zensur herrscht und das freie Wort unterdrückt wird, befand es für richtig, in unmittelbarer zeitlicher Nachbarschaft zu dem Kongreß in Dubrovnik, an welchem, kroatischen Angaben zufolge, 36 (von 116) P.E.N.-Zentren teilnahmen, in einer neuen Offensive bosnische Moslems abschlachten zu lassen und zu erklären, alle jene, die dem Kongreß fernblieben, seien pro-serbisch und sehnten sich nach dem Kommunismus zurück.

Was nun die erwähnte goldene Legende betrifft, so hätte ihrer in Dubrovnik nicht gedacht werden dürfen, denn diese goldene Legende ist eine Lüge. Über die traurige Wahrheit kann sich jedermann in dem Buch *P.E.N. International* und daselbst in dem Bericht „Aus der Geschichte des P.E.N.-Clubs" von Thomas von Vegesack informieren: Auf dem Kongreß vom Mai 1933 in Dubrovnik wurde nicht nur keinem einzigen Nazi-Schriftsteller die Mitgliedschaft zum P.E.N. aberkannt, sondern diese Nazi-Schriftsteller wurden von zahlreichen Vertretern der österreichischen, italienischen, holländischen und Schweizer Zentren hofiert.

Bei aller Feigheit gab es indessen auch mutige Menschen wie den Generalsekretär des Internationalen P.E.N., Herman Ould, der die deutschen Autoren schärfstens angriff. Als sich dann noch Ernst Toller, von Jugoslawien persönlich eingeladen, zu Wort meldete, verließ die deutsche Delegation den Kongreß. Einige Delegierte Österreichs, Hollands und der Schweiz folgten ihr. Im Herbst 1933 traf man sich mit den Vertretern des Nazi-P.E.N. trotz ihres Verhaltens neuerlich, diesmal in London. Nachdem Menschen wie Herman Ould die Deutschen wiederum zur Verantwortung für die Ereignisse in ihrem Land gezogen hatten, teilten die Nazi-Autoren mit, daß sie den Club verlassen würden. Der Internationale P.E.N. hat also leider *niemals* Nazi-Autoren ausgeschlossen, sie schlossen sich vielmehr selber aus und bildeten Anfang 1934 eine Organisation national gesinnter Schriftsteller.

Hans Johst wurde ihr Präsident, Gottfried Benn übernahm die Position des stellvertretenden Vorsitzenden.

In London entstand der „Deutsche P.E.N. im Exil", dessen Nachkriegspräsident Hermann Friedmann sich besonders um die Neugründung eines bundesdeutschen Zentrums bemühte. Der Club in London wird demnächst 60 Jahre alt.

Die überwiegende Zahl deutscher Autoren – etwa 2500 – mußte also Nazi-Deutschland verlassen. Der Rest wurde verhaftet, kam in Konzentrationslager, wurde ermordet, zum Schweigen verurteilt – oder paßte sich an. Die ernstzunehmende deutsche Literatur befand sich nicht mehr in Deutschland, sondern im Ausland – und in unvorstellbarem Elend.

Das Leben der Exil-Schriftsteller war von nun an – mit ganz wenigen Ausnahmen – eine Zeit beständiger tödlicher Gefahr und eine solche unablässiger Demütigungen und Ängste. Da man die Schriftsteller sogleich nach ihrem Exodus ausgebürgert hatte, waren sie staatenlos, und das bedeutet: sie hatten keinen gültigen Paß. In seinen *Flüchtlingsgesprächen* schrieb Brecht: „Der Paß ist der edelste Teil von einem Menschen. Er kommt auch nicht auf eine so einfache Weise zustand wie ein Mensch. Ein Mensch kann überall zustandekommen ... ein Paß niemals. Dafür wird er auch anerkannt, wenn er gut ist, während ein Mensch noch so gut sein kann und doch nicht anerkannt wird."

Wer die richtigen Stempel auf der befristeten Aufenthaltserlaubnis nicht besaß, war absolut schutzlos und konnte jederzeit über die Grenze nach Deutschland abgeschoben werden. Sämtliche Dokumente betreffend die mit Ausweisung bedrohten und bestraften Emigranten werden von den Asylländern noch heute unter Verschluß gehalten. Einzig die kleine Tschechoslowakei und England halfen, wo sie konnten – unseren deutschen Ausweisungsbehörden wird das kaum zu denken geben.

Ihnen gibt nichts zu denken.

Die Flüchtlinge lebten, insbesondere in Frankreich, unter dem Terror der Bürokratie und unter größten Entbehrungen. Da sie keine Arbeitserlaubnis besaßen, waren sie auf Schwarzarbeit angewiesen und verdingten sich als Nachtwächter, Handelsvertreter und Leichenwäscher, ihre Frauen versuchten, ein wenig Geld als Reinemachehilfen zu verdienen.

Zum Ruhm der amerikanischen Einwanderungsbehörden muß unbedingt gesagt werden, daß diese größte Anstrengungen zur Rettung gefährdeter Autoren unternahmen.

Bei derart unterschiedlichen Persönlichkeiten bedeutete der Haß auf Hitler im Exil zunächst den einzigen gemeinsamen Nenner. Die verjagten Autoren machten sich keine Illusionen. Es war ihnen klar, daß sie mit sehr ungleichen Waffen zum Krieg gegen die Nazis antraten. Sie schrieben weiter Bücher, ohne zu wissen, ob diese jemals das Land ihrer Sprache erreichen würden, sie veranstalteten Kongresse, sie kämpften mit Flugblättern und Zeitschriften – sicherlich auch, um nicht die Selbstachtung zu verlieren oder der Resignation zu erliegen, egal – sie *kämpften.*

Viele allerdings verzweifelten angesichts der bis 1943 von Sieg zu Sieg stürmenden Nazi-Armeen und nahmen sich das Leben – in Paris, an der französisch-spanischen Grenze, in Südamerika. Über die Welt verstreut liegen die Gräber deutscher Schriftsteller, die keine Hoffnung mehr hatten.

Dennoch: die meisten Exilautoren führten weiter ihren unendlich schweren, unendlich mühsamen Krieg getreu den Worten des zuletzt auch durch Suizid verschiedenen Ernst Toller: „Wer in einer solchen Zeit schweigt, verrät seine menschliche Sendung."

Während amerikanische Truppen bereits in Europa und im Pazifik kämpften, veranstalteten amerikanische und deutsche Autoren gemeinsame Tagungen. Die Fahnen an öffentlichen Gebäuden wehten dann auf Halbmast, und

Präsident Roosevelt mahnte einmal in einer Grußbotschaft: „Wir wissen, daß Bücher in diesem Krieg Waffen sind. Und es ist ein Teil unserer Aufgabe, sie immerdar zu Waffen für die Freiheit der Menschheit zu machen."

So hoffte man auf den Tag der Befreiung. Er kam, und etwas ereignete sich, das die meisten der verjagten Schriftsteller sich niemals hatten vorstellen können. Kein Mensch in der Bundesrepublik Deutschland rief sie zurück! In der Deutschen Demokratischen Republik tat man das wohl, bei uns brauchte sie keiner, bei uns wollte sie keiner. Mehr noch: in den Jahren des Wiederaufbaus und erst recht mit Beginn des Kalten Krieges entstand eine immer aggressiver werdende Ablehnung und Anfeindung der Exil-Autoren. Das hatte natürlich viel mit der Verdrängung eigener Schuldgefühle zu tun, aber auch damit, daß man den Emigranten mißtraute. Fast alle, die in der Verbannung Widerstand geleistet hatten, waren zuletzt republikanisch-demokratisch gesinnt, sie waren – man bekreuzige sich – links, und eilfertig nannten die neuen alten Herren des alten neuen Adenauer-Deutschlands sie – man bekreuzige sich dreimal – Kommunisten.

Wer sich heute darüber entsetzt, daß es wieder derart totschlagsgeile Nazis und immer stärker werdende Nazi-Parteien im deutschen Vaterland gibt, der bedenke, daß sich seit 1945, ach, seit 1933, den Nationalsozialismus betreffend, bei uns nicht das geringste geändert hat. Nazi-Gedankengut ist treulich weitergediehen in den Köpfen jeder neuen Generation. Niemals ist etwas Entscheidendes dagegen getan worden, im Gegenteil. Natürlich sind darum nicht alle Deutschen Nazis, es gibt zum Glück eine enorme Mehrheit, die es nicht sind, aber wie ging denn das bei uns zu nach 1945, zum Beispiel in der DDR? Staatlich verordneter Antifaschismus verkam zum bloßen Kult des Widerstandes, bei dem man die wirklichen Opfer – Juden, Zigeuner, Schwule – aus dem Blickfeld heraushielt. Braune Gesinnungsstücke konnten auf diese Weise ungehindert in den Nischen grauenvoller deutscher Gemütlichkeit weiterexistieren.

In der Bundesrepublik betrieb man die sogenannte Vergangenheitsbewältigung professionell und delegierte sie an Gerichte – Wiedergutmachung! –, an Schulen, Universitäten und Medien. Der Auftrag: Beschäftigung mit den Verbrechen des Dritten Reiches – aber so, als wären das Taten grausamer, fremder Okkupanten gewesen.

Im realen politischen Alltag herrschte kaum Einsicht in die Schuldzusammenhänge. Nazi-Mörder kamen spät oder gar nicht vor Gericht, Nazi-Richter sprachen Recht, Nazi-Lehrer lehrten, Nazi-Generäle (hier wie in der DDR) bauten neue Armeen auf, Nazi-Verwaltungsbeamte sorgten für Recht und Ordnung, und Nazi-Verbrecher wie Filbinger, Globke, Lübke und andere übten ihre hohen Ämter in aller Schamlosigkeit aus.

„Wo man Bücher verbrennt, verbrennt man auch Menschen", schrieb Heinrich Heine. Auf das furchtbarste bewahrheitete sich der Satz zwischen 1933 und 1945. Ich bin 69 Jahre alt. In eines Menschen Zeit erlebe ich das Hochkommen der Nazi-Pest zum zweiten Mal. Nur: Die Nazis von heute nahmen sich nicht die Mühe, zuerst Bücher zu verbrennen, nein, diesmal verbrannten sie gleich Menschen, und die Politiker taten lange Zeit nichts dagegen, daß Kinder angezündet, Ausländer ermordet, Asylbewerberheime in Flammen aufgingen und jüdische Friedhöfe und Konzentrationslager-Gedenkstätten geschändet oder vernichtet wurden. Der Staat, meine Damen und Herren, reagierte nicht zuletzt deshalb so schwach und zögerlich, weil er ja gegen sich selbst hätte vorgehen müssen.

Der Rechtsradikalismus heute – ich bin weit in die Gegenwart vorausgeeilt – profitiert von der internationalen wirtschaftlichen Misere, bei uns zusätzlich verstärkt durch das Chaos der Wiedervereinigung. Er profitiert von der Schwäche der Linken, und ganz besonders profitiert er davon, daß seit dem Einigungsvertrag alliiertes Recht außer Kraft gesetzt worden ist, das für NS-Wiederbetätigung schwere und schwerste Strafen forderte. Makabre Vorstellung: Die Sekunde, in welcher der letzte Alliierte aus West und Ost abgezogen sein wird ...

Zurück zu den in die Bundesrepublik heimkehrenden Exilschriftstellern, die niemand gerufen hatte. Viele vermochten in der vom Faschismus verseuchten Luft nicht mehr zu atmen, und so gingen sie in ein weiteres, *zweites* Exil, in welches ihnen schon manche vorangegangen waren – in die DDR. Wie verzweifelt hofften sie, dort für eine der größten und schönsten Ideen der Menschheitsgeschichte schreiben und arbeiten zu können: für den Sozialismus. Wie bald mußten sie feststellen, daß diese Idee von Dummköpfen, Kriminellen und Ideologen pervertiert und zerstört wurde. Die größten und besten Ideen werden in den Händen von Ideologen mörderisch und verbrecherisch, selbst Religionen.

Wie viele Emigrantenschriftsteller kamen ins Gefängnis. Wie viele krepierten in dieser zweiten Emigration. Manche hielten trotz allem stand, andere flohen, bedroht an Leib und Leben, in eine *dritte* Emigration – zurück in die Bundesrepublik, zum Beispiel Ernst Bloch und Alfred Kantorowicz. Jene Autoren, aber auch solche wie der wunderbare Axel Eggebrecht, der das Konzentrationslager überlebt hatte, oder Erich Kästner, der seiner Mutter wegen in Deutschland geblieben war, bescherten uns etwas ganz und gar Unerhörtes: Die Zäsur von 68, die erste Aufklärungsbewegung seit 1933. Niemals können wir jenen erschöpften und kranken und dabei so tapferen und *wiederum* kämpfenden Menschen dafür genug danken.

Was immer aus den 68ern wurde: in den Köpfen so vieler, vieler ist immer noch der Geist dieser Jahre lebendig, der Geist jener, die damals Vorbilder waren.

In ungeheurer, bedrohter Zeit leben wir. Die Gefahr eines unabsehbar entsetzlichen großen Krieges rückt näher von Tag zu Tag. In Deutschland herrschen politische Verhältnisse wie in den letzten Jahren der Weimarer Republik. Die Arbeitslosenzahl hat viele Millionen erreicht und wird weiter steigen. Wir gleiten in eine Wirtschaftskrise, deren Ausmaß wir nicht absehen können. Und von Tag zu Tag stärker wird der Nationalsozialismus. Es ist nicht fünf Minuten vor zwölf. Es ist halb drei Uhr früh!

Um – *vielleicht* – noch zu verhindern, daß der Morgen, der bald grauen wird, jener von Armageddon ist, beschwöre ich nicht nur uns Schriftsteller, nein *alle* Menschen, alle und jeden besonders: Denken wir stets an das, was die verjagten Dichter uns lehrten: Es gibt unabdingbare Werte und Kriterien für eine menschliche Gemeinschaft, für eine humane Welt. Diese Werte müssen wir mit jedem Wort, das wir schreiben, mit jedem Wort, das wir sprechen, auf jede nur denkbare Art verteidigen gegen die gigantischen Gefahren, welche uns und unsere Menschenbrüder bedrohen. Kämpfen müssen wir mit all unseren Kräften – in der Erinnerung an jene Exilautoren, die uns ihre Ideale als Waffen weitergaben.

Kein Toter ist tot, solange es auch nur einen einzigen anderen Menschen gibt, der an ihn denkt. Dann ist dieser Tote immer da für den, der noch lebt. Der Lebende wird ihn fühlen, er wird ihn spüren. Das Beste von einem, der stirbt, bleibt zurück bei dem Menschen, der ihn liebt. Er ist dann in ihm, der Tote in dem Lebenden. Und so bleiben sie zusammen für alle Zeit …

Wenn diese Veranstaltung wirklich eine Ehrung all jener guten Menschen ist, die „über die Grenze gehen mußten", dann bedeutet das für uns eine niemals endende Verpflichtung, ihr politisches Testament zu vollstrecken.

Kleine Fanfare für einen großen Mann

Dank an Willy Brandt für seine „Aufrufe zum Frieden", 29. Mai 1987

Takeshi Araki sagte, daß es niemals wieder geschehen dürfe. Hitoshi Motoshima sagte dies auch. Der eine ist Oberbürgermeister von Hiroshima, der andere Oberbürgermeister von Nagasaki. Auf Hiroshima warfen die Amerikaner am 6. August 1945 die erste Atombombe. Am 9. August 1945 fiel die zweite auf Nagasaki. Heute spricht man von ihnen als „Baby-Bomben". Heute gibt es genug Atomwaffen, um diese Erde ein paar hundertmal zu zerstören.

Die erste „Baby-Bombe" vernichtete Hiroshima. 260.000 Menschen wurden getötet, 160.000 auf das schwerste verwundet. So etwas darf nie wieder geschehen, sagten Araki und Motoshima am Vormittag des 29. Mai 1987 im Erich-Ollenhauer-Haus in Bonn. Dort waren sie zwei von 500 Gästen, die Willy Brandt zu einer Veranstaltung unter dem Titel „Aufrufe zum Frieden" eingeladen hatte. Brandt ist – und gleich ihm sind es nach der neuen Umfrage 77 Prozent der Westdeutschen – der Ansicht, die zum Greifen nahe Chance, daß Amerikaner und Sowjets ein Abkommen schließen, welches die Verschrottung von Atomraketen über 500 Kilometer Reichweite in Europa vorsieht, dürfe unter keinen Umständen vertan oder gefährdet werden. Denn dieses Abkommen wäre ein erster Schritt, der zu weiteren ermutigen würde.

Brandt bat Wissenschaftler, Schauspieler, Ärzte, Sänger, Politiker, Theologen, Historiker, Mediziner, Schriftsteller und Menschen aus vielen anderen Berufen, nach Bonn zu kommen. Er bat auch mich. In drei Stunden sprachen 40 Menschen verschiedener Nationalitäten und Hautfarbe, verschiedener Herkunft, Glaubensbekenntnisse und sehr verschiedenen Alters. Es waren drei Stunden, die ich niemals vergessen werde.

Seit vielen Jahren konnte ich nicht mehr an die Worte Anne Franks glauben: „Tief drinnen sind alle Menschen gut." Seit dem 29. Mai 1987 habe ich mindestens wieder die Hoffnung, daß es sehr viele „tief drinnen" doch sind. Diese Hoffnung verdanke ich jenem Treffen der 500 und jenem einen, der die 500 rief: Willy Brandt.

Dem Mann, der sich gegen alle Anfeindungen und Rückschläge zäh, beharrlich und zuletzt erfolgreich um Verständigung mit dem Osten bemüht hat; dem Mann, der nach 1945 als einer der ersten deutschen Politiker (ein anderer war mein verehrter, väterlicher Freund Alex Möller) Menschen anderer Länder davon abbringen konnte, sogleich auszuspucken vor Zorn und Ekel, wenn sie den Namen unseres Landes hörten (und der sich – in übertragenem Sinne – für seine Haltung all die langen Jahre von manchem Deutschen anspucken lassen mußte); dem Mann, der ganz allein und im Stich gelassen von Adenauers Regierung und den westlichen Alliierten am 13. August 1961 (dem Tag des Mauerbaus in Berlin) auf dem Dach eines Kombi-Wagens stand und durch ein Megaphon die West-Berliner zu Ruhe und Besonnenheit mahnte, weil er noch größeres Unglück verhindern wollte, verhindern mußte; der Mann, der vor dem Mahnmal im Warschauer Ghetto, konfrontiert mit den ungeheuerlichen, von Deutschen begangenen Verbrechen, in die Knie sackte, weil ihn die Beine nicht länger trugen.

Am 29. Mai 1987 hat der 73jährige Brandt wieder einmal bewiesen, welche Art von Mensch er ist, indem er zeigte, wieviel Gutes in so vielen ruht. Eine Türkin, durch ein Terror-Regime gleich ihm gezwungen, außer Landes zu gehen, sang ein Lied vom und für den Frieden. Eine Amerikanerin („Ronnie und Nancy sind nicht Amerika, aber auch Ronnie und Nancy wollen das Abkommen mit den Sowjets") sang vom und für den Frieden ein Lied. Viele behutsame und kritische, einfallsreiche und sorgenvolle Gedanken wurden von vielen ausgesprochen. Es kam zur Sprache, daß das russische Wort „Mir" sowohl Welt wie Frieden bedeutet. Ich habe das nicht gewußt. Welt und Frieden – ein Begriff. Was gibt es, das wunderbarer wäre?

Ich meine: Deutschland hat zwischen 1870 und 1939 drei Kriege begonnen, zuletzt den größten und grauenhaftesten der Geschichte. Wenn – ausgerechnet – deutsche Politiker die Verwirklichung des amerikanisch-sowjetischen Plans auch nur erschweren, so ist das empörend und obszön. Wenn – ausgerechnet – deutsche Politiker versuchen sollten, das Gelingen dieses Plans zu verhindern, so wäre das absolut unerträglich. Sie werden es nicht wagen. Zu gewaltig erwiese sich der Widerstand so vieler. Wie von Aussatz befallen stünden wir da, isoliert, gehaßt und verachtet von den Völkern – wie 1945.

„Der Frieden ist der Ernstfall" – so zitierte Willy Brandt Gustav Heinemann. Der Frieden ist es, wonach alle Menschen, auch die Deutschen, sich sehnen. Das hat Willy Brandt der Welt klargemacht am Vormittag des 29. Mai 1987 im Erich-Ollenhauer-Haus zu Bonn. Im Namen aller auf dieser Welt, die unendliche Furcht vor Krieg und unendliches Verlangen nach Frieden haben, schreibe ich: Danke Willy Brandt, und noch mal danke.

Schalom!

Rede vor der Jüdischen Kultusgemeinde in München am 12. Juni 1988

Vor langer Zeit habe ich diese Geschichte gelesen. Ein Jude, der seine geliebte Frau verloren hatte, kam zum Rabbiner und fragte: „Rabbi, kann man Tote lebendig machen?" Und der Rabbi sagte: „Ja, indem man immer an sie denkt."

Liebe Freunde, bis hierher hatte ich diese Rede aufgeschrieben, da rief mich ein Freund von der Deutschen Presse-Agentur an. Er war außer sich. Vor ihm, sagte er, lag eine Meldung. Im Auftrag von B'NAI BRITH hatte das Allensbacher Institut für Demoskopie und die TU Berlin eine Groß-Umfrage gestartet. Das Ergebnis: Jeder sechste Bürger der Bundesrepublik Deutschland muß als „antisemitisch" bezeichnet werden. Über einen harten Kern „vehement antisemitischer" Personen von acht Prozent hinaus haben weitere sieben Prozent klare antisemitische Vorurteile. Und rund 22 Prozent der Befragten – *22 Prozent!* – halten die Juden für „mitschuldig am Judenhaß und an der Judenverfolgung"! Und das furchtbarste: Der Kreis der „vehementen Antisemiten" setzt sich zum größten Teil aus *älteren* Männern zusammen, Menschen also, die über den Holocaust, über alles, was Juden durch Deutsche angetan wurde, genau Bescheid wissen müssen. Es gibt im Frühsommer 1988 etwa acht Millionen Antisemiten in diesem Land!

Mein Freund weinte, als er mir diese Meldung vorlas. Meine Damen und Herren, ich habe auch geweint. Vor ohnmächtigem Zorn und vor ohnmächtiger Wut.

[...]

Jeder sechste Deutsche ist 1988 „antisemitisch"! Ich bin verzweifelt. Ich habe das, was Kanzler Kohl da von der „Gnade der späten Geburt" sagte, stets für einen unmöglichen Satz gehalten. Das biblische Wort von den Trauben kommt mir in den Sinn: Die Väter haben sie gegessen, den Söhnen machen sie die Zähne stumpf. Natürlich haben die Spätgeborenen keine Schuld im sittlichen oder im rechtlichen Sinn. Aber eine besondere *Verantwortung* haben sie, die ist ihnen und noch vielen kommenden Generationen von den Vätern aufgebürdet worden. Ein Volk, das fast widerstandslos den industrialisierten Massenmord geduldet und zwischen 1870 und 1939 drei Kriege begonnen hat, ist gezeichnet. Neubeginn und Aussöhnung machen Auschwitz nicht ungeschehen. Wir, unsere Kinder und Kindeskinder sind verantwortlich dafür, daß etwas derartig Grausiges niemals wieder geschieht.

„Kann man Tote lebendig machen?" fragte jener Mann den Rabbi. Und der Rabbi antwortete: „Ja, indem man immer an sie denkt."

Wir alle müssen immer an die Toten denken und an das Entsetzliche, das sich ereignet hat. Wir dürfen es *niemals* vergessen. Es muß lebendig bleiben. Wobei mir der Begriff „Vergangenheitsbewältigung" immer unerträglich gewesen ist. Das, was geschah, *kann* man nicht bewältigen. Es ist geschehen. Man kann – vielleicht – daraus lernen.

AUS DER WUT HERAUS

Verflucht sei Adolf Hitler

„Was“, schrieb die Redakteurin der *ZEIT,* „sind Ihre ganz persönlichen Wuterreger? Für jeden Menschen gehören ja derlei Ausbrüche (ob laut oder leise) zur ausgeglichenen Stimmungslage. Es sind die Anlässe, die uns interessieren (gleich, ob sie nun einmaliger Art sind oder durch ihre ständige Wiederkehr reizen) ...“

Und da sitze ich also und antworte.

Die rote Ampel, der Verriß meines neuen Buches in der *ZEIT,* der Briefträger, der zu spät kommt, oder das vor dem Verfallsdatum schlecht gewordene Joghurt, ein Film, ein Idiot, der Fahrplan – ach, du liebes Gottchen, ist mir das alles egal! Es gibt nur *ein* Thema, bei dessen zartester Erwähnung ich sogleich in rasenden Zorn gerate, und das war so von Anbeginn und wird so bleiben, bis ich verrecke. Um es zu umschreiben – wenn einer bloß sagt: „Immerhin, die Autobahnen ...“

Sechzig Jahre bin ich alt.

Alt genug, um zu wissen, wovon ich rede, worüber ich schreibe in allen meinen Büchern – ausnahmslos –, wieder und wieder und wieder. Über Hitler. Über die Nazis. Über ihre Verbrechen. Weil die Nazis die größten Verbrecher in der mir bekannten Geschichte waren und die größten Verbrechen in der mir bekannten Geschichte angerichtet haben.

Ich weiß natürlich genau, daß bei weitem nicht alle Deutschen Nazis gewesen sind. Sehr viele dachten wie ich. Leider nicht genug. Ich weiß natürlich genau, daß nicht alle deutschen Soldaten begeistert fremde Länder überfallen haben. Ich weiß, wie verzweifelt und verbittert sehr, sehr viele von ihnen waren. Leider auch nicht genug. Ich weiß, daß es leicht ist, ein verelendetes Volk mit sechs Millionen Arbeitslosen für sich zu gewinnen, wenn man nur laut genug schreit: „Ich bringe euch Arbeit und Brot!" Und wenn man das dann, gewähltermaßen, sogar auch noch tut. Indem man eine ungeheuerliche Rüstungsindustrie anlaufen und Flugzeuge und Kasernen und die dreimal gottverfluchten Autobahnen bauen läßt, denen man in seinen Plänen für den bislang größten Krieg der Geschichte schon ihre Bestimmung zugewiesen hat. Gut, gut, ich sage ja, ich weiß das alles.

Aber trotzdem: Wie konnte es passieren, daß der Kerl gewählt wurde? Er hatte sein Programm doch ganz offen bekannt. Er hatte es aufgeschrieben in seinem unsäglichen Buch. Jeder vermochte sich zu informieren. Waren unsere Eltern und wir schwachsinnig, als wir dem geifernden Psychopathen unsere Stimme gaben? Oder waren viele, viele schon total verzweifelt vor Hunger und Schulden und Hoffnungslosigkeit? Es ist sehr schlimm, arm und hoffnungslos zu sein. Nehmen wir zugunsten unserer Eltern und zu unseren Gunsten an, daß wir deshalb auf den Rattenfänger hereingefallen sind. Das ist anderen Völkern auch schon widerfahren. Wenn auch niemals mit einem *solchen* Schuft. Wenn auch niemals *so* exemplarisch. Wenn auch niemals mit so schrecklichen Folgen, die wir heute noch zu spüren bekommen und die wir – davon bin ich überzeugt – noch einmal auf ganz grauenvolle Weise zu spüren bekommen werden in der Zukunft. Denn ist da vielleicht *einer,* der meint, Menschen dürften Menschen einfach überfallen, dürften sechs Millionen Juden ermorden und in der Welt derart hausen, daß es nach sechs Jahren Krieg über sechzig Millionen Tote gibt, dürften riesige Landstriche zu „verbrannter Erde“ verwandeln und den unglücklichen Überlebenden in diesen Gebieten nichts lassen als ihre Augen zum Weinen – und dann so tun, als wäre nichts geschehen?

Ich bin nicht religiös, nein. Aber ich glaube an eine höhere Gerechtigkeit auf lange (manchmal sehr lange) Sicht. Und ich glaube, daß diese höhere Gerechtigkeit durchaus nicht fertig ist mit uns. Die Rechnung für all das Ungeheuerliche, das in unserem Namen geschehen ist, wird erst noch präsentiert, das glaube ich. Wo, zum Beispiel, werden die beiden Großmächte einen Atomkrieg beginnen lassen? Ja, wo wohl?

Mein Leben lang nennen mich bestimmte Leute einen Nestbeschmutzer. Ich finde es immer noch feiner, das eigene Nest zu beschmutzen als ein fremdes. Auch wird mir vorgeworfen, ich sei ungerecht, ich erwähnte nicht, daß andere dasselbe getan haben wie die Nazis. Ja, und? Sollen andere von ihrer Schande sprechen, ich spreche von meiner! Und: Verbrechen darf man nicht gegeneinander aufrechnen.

Deutschland ist wieder aufgebaut. Zwei Deutschlands sind wieder aufgebaut. Daß unser Land geteilt wurde (und niemand auf der großen, weiten Welt Interesse hat oder gar daran denkt, es jemals wiederzuvereinigen), daß es die Mauer gibt, daß Millionen ihre Heimat im Osten verlassen mußten und in riesigen Mengen umkamen auf den Landstraßen in Schnee und Eis, daß das Menschen anderer Völker, die wir überfielen, ebenso erging, daß es immer noch ein Millionenheer von Krüppeln und Blinden und Schwerstversehrten gibt auf der Welt – auch das verdanken wir dem Kerl, der diese Welt unglücklich machte und Schuld trägt an der katastrophalen globalen Weiterentwicklung nach 1945 bis heute, da wir vor Armageddon stehen – Adolf Hitler heißt der Mann, verflucht sei er in alle Ewigkeit.

„Und die da reden von Vergessen/Und die da reden von Verzeihn/All denen schlage man die Fressen/Mit schweren Eisenhämmern ein", schrieb Brecht. Ach, keinem von denen hat man (leider) je die Fresse eingeschlagen. Aber selbst der große Brecht konnte sich gewiß nicht vorstellen, daß – in einer ganz besonderen Bedeutung des Wortes – wirklich nichts „vergessen" wurde. Daß es, unfaßbar, eine NPD, also eine neue Nazi-Partei geben sollte, stark genug, um schon in die Landtage einzuziehen. Daß jüdische Friedhöfe geschändet und jüdische Grabsteine umgestürzt und beschmiert werden sollten mit dreckigsten Mord-Parolen und dem Hakenkreuz. Daß seit langem die zweite Welle der neuen Nazis bei uns am Werke ist und die Verantwortlichen offenbar auf dem linken Auge übersichtig, auf dem rechten indessen blind sind. Neonazis, angeklagt, Juden – in unserer Demokratie – ermordet zu haben, stehen gerade vor Gericht. Beobachter meinen, sie würden bestimmt freigesprochen. Die Nazis, die das Massaker auf dem Münchner Oktoberfest angerichtet haben – werden sie überhaupt je vor einem Gericht stehen? Und apropos Gericht: Wurden die blutigen Nazi-Richter jemals zur Verantwortung gezogen? Keine Spur. Viele sprechen noch Recht, andere, im Ruhestand, züchten Rosen. Und die neuen Nazis in unserem Land sind junge Menschen. *Junge* Menschen – das ist das furchtbarste! Wir sind also unbelehrbar? Wir sind also unverbesserlich? Brüllt denn da keiner los vor Scham?

Ach wo.

Die Nazis haben offenbar noch mehr Gehirne zerstört als Menschen und Häuser. Das Volk der Dichter und Denker hat man uns einmal genannt. Seit 1945, seit fast vierzig Jahren, gibt es in der Welt – auch in einem großen Teil, den die Nazis in unserem Namen zu vernichten bemüht waren – neue begnadete Ärzte, neue berühmte Wissenschaftler, wunderbare Schriftsteller, Philosophen, Komponisten, Sänger, Schauspieler, Maler. Was gibt es bei uns? Ein paar weitbekannte Ausnahmen, gewiß. Sonst?

Nichts.

Nichts. Nichts.

Die Nazis haben die Besten, die es gab, verjagt oder ermordet. Und das waren weiß Gott nicht nur Juden. Wie entsetzlich wenig ist in fast vierzig Jahren nachgewachsen. Sag mir, wo die Männer und Frauen sind – wo sind sie geblieben?

Zerstörte Gehirne, ein zweigeteiltes Land, Raketenrampen bei uns, Raketenrampen drüben bei den Brüdern und Schwestern. Die alten Nazis und die neuen – den Menschen der ganzen Welt ein Greuel und ein Scheuel. Wir danken unserem Führer.

„Was", schrieb die Redakteurin der *ZEIT*, „sind Ihre ganz persönlichen Wuterreger?"

Denk ich an Nazis in der Nacht, dann bin ich um den Schlaf gebracht.

Deutsche Leitkultur
Exemplarisch vorgestellt am Urteil eines gütigen Richters

Die Union wollte Ausländerpolitik und Asylrecht zu Themen der bevorstehenden Wahlkämpfe machen. Bei einer sogenannten Halbzeitbilanz der rot-grünen Bundesregierung erklärte Friedrich Merz, Fraktionsvorsitzender der CDU, am 10. Oktober 2000, eine Begrenzung der Zuwanderung von Ausländern sei „überfällig". Ferner verlangte Merz eine Verkürzung der Asylverfahren, die heute „sechs, sieben, acht Jahre dauern". Dies sei „unerträglich". Zu dem ganzen Komplex gehöre auch ein Integrationskonzept, welches vorsehen müsse, daß Ausländer sich an der „deutschen Leitkultur" orientieren. Herr Merz ist hier zwar heldenhaft vorgeprescht, aber leider auf eine nicht sofort einleuchtende Weise.

Deutsche Leitkultur – was mag das bedeuten?

Bach-Kantaten und Horst-Wessel-Lied? Goethe und Gestapo? Hegel und Nürnberger Gesetze? Schiller und brennende Synagogen? Holocaust-Mahnmal und geschändete jüdische Friedhöfe? Woche des ausländischen Mitbürgers und Pogrome gegen Ausländer? Lichtermeere und Aufmärsche von Neonazis durchs Brandenburger Tor? Die Bewegung des 20. Juli und der Blutrichter Roland Freisler vom NS-Volksgerichtshof? Weil hier gerade von Blut und Gericht die Rede war, lassen Sie uns dem schwierigen Begriff versuchsweise am sogenannten „Hetzjagd-Prozeß von Guben" näherkommen.

Am Montag, dem 13. November 2000, verkündete das Landgericht Cottbus die Urteile. Dieser Prozeß unter dem Vorsitz des gütigen Richters Joachim Dönitz gegen elf Angeklagte der rechtsextremen Szene dauerte 81 Verhandlungstage, das ganze Verfahren jedoch ein Jahr und fünf Monate. Die Angeklagten hatten 22 Verteidiger, die insgesamt 43 Befangenheitsanträge und Besetzungsrügen stellten – einen sogar wegen angeblich zu kleiner Tische.

„Das Gericht hat sich seine Verhöhnung gefallen lassen", sagte der Prozeßbeobachter Friedrich C. Burschel.

„Das Gericht scheint nicht in der Lage zu sein, mit den Angeklagten und ihren Anwälten umzugehen", hatte sich Bundestagspräsident Wolfgang Thierse bereits vor Monaten empört. Dieses „Taktieren mit allen Tricks" wurde nach der Urteilsverkündung von Thierse neuerlich kritisiert: Die Justiz müsse mit energischen Verfahren für zeitnahe Urteile sorgen. Bei dieser Gelegenheit brachte der Bundestagspräsident der Öffentlichkeit auch zur Kenntnis, daß Brandenburgs Behörden dem Hauptbelastungszeugen um ein Haar die Aufenthaltsgenehmigung entzogen hätten. Mit Bezug auf Behörden und Justiz dieses Bundeslandes sprach Thierse von einem Skandal. Umgehend empörte sich der Deutsche Richterbund.

Worum war es gegangen?

In der Nacht zum 13. Februar 1999 hatten die elf zur rechtsextremen Szene gehörenden zwischen 17 und 21 Jahre alten Männer Jagd auf Ausländer gemacht. In Verzweiflung und Angst vor seinen Verfolgern trat der algerische Asylbewerber Farid Gouendoul eine Glastür ein, um sich in den Hausflur zu retten. Dabei erlitt er tödliche Verletzungen an der Hauptschlagader und verblutete.

Von Beginn des Prozesses an verhöhnten die Angeklagten das Gericht in nicht zu überbietender Weise. Sie kamen zu spät oder gar nicht zur Verhandlung. Richter Dönitz mußte sie dauernd suchen lassen. Mit einem Fax meldeten sie sich krank und erschienen zwei Stunden später bei guter Gesundheit. In ihrer typischen „Uniform" mit Springerstiefeln präsentierten sich die Angeklagten dem Gericht, einer sogar mit einer Bomberjacke, auf deren Rückseite die Worte „Deutscher Widerstand" zu lesen waren. Und alle Angeklagten lachten sich fast kaputt, wenn die Afrikaner, die sie zusammengeschlagen hatten, aussagten.

Richter Dönitz erduldete dies und mehr. Keinen einzigen der „verhinderten" Beklagten ließ er von der Polizei vorführen; er beschlagnahmte nicht die „Deutsche-Widerstand"-Jacke, er verhängte keine Ordnungsstrafen. Statt dessen vertagte er wieder und wieder die Verhandlung, wenn ihm die Täter gerade abhanden gekommen waren, und darum benötigte er für 81 Prozeßtage fast eineinhalb Jahre. Ein einziges Mal klagte er, die Jugendlichen seien aus dem Mittelpunkt des Verfahrens gerückt und „zu amüsierten Zuschauern des Versuchs einer Demontage des Gerichts" geworden. Daß er dieser Demontage selbst Vorschub geleistet hat, statt sie zu verhindern, sagte der Richter nicht.

Er hatte es aber auch schwer. Unter den 22 Verteidigern standen einige ihren Mandanten politisch mehr als nahe. So war zum Beispiel der Anwalt Wolfram Nahrath Chef der 1994 verbotenen rechtsextremistischen „Wiking-Jugend". Sein Mandant Steffen Henze marschierte, während der Prozeß lief, bei einer Nazi-Demonstration mit.

Der Richter ignorierte all dies ebenso, wie er die abstrusen Anträge der Verteidiger zuließ, aus denen hervorgehen sollte, daß die Angeklagten nicht die geringste Schuld am

Tod Farid Gouendouls traf. Der Algerier, so argumentierten die Herren Anwälte beispielsweise, habe panikartig reagiert, und dabei sei sehr wohl zu fragen: *worauf?* Vielleicht, so suggerierten die Rechtsvertreter, war die Angst des Farid Gouendoul deshalb so panikartig gewesen, weil er fürchtete, gefaßt und entlarvt zu werden – etwa als Rauschgifthändler. Diesen Antrag lehnte Richter Dönitz ab. Der Ermordete war also nicht schuld an seiner Ermordung. Dafür sprach der Richter aber auch die elf Nazis von der Mordanklage frei.

Keiner der Angeklagten, so der gütige Richter, habe den Tod des Algeriers gewollt oder billigend in Kauf genommen. Aus der Beweisaufnahme sei nicht hervorgegangen, daß auch nur *ein* Angeklagter den Tod Farid Gouendouls überhaupt für möglich gehalten habe. Auf der anderen Seite – und man beachte den hier geschlagenen Haken – entschied das Gericht, die jungen Männer seien wegen „fahrlässiger Tötung" zu belangen. Sie hätten derart „pflichtwidrig" gehandelt, daß ein jeder für sich allein den Tod des Farid Gouendoul mitverursacht habe. Acht von ihnen hätten „aktiv" und drei „extrem aktiv" gehandelt und beim Opfer Todesangst ausgelöst.

Wie lauteten also die Urteile?

Hauptmotiv für die Hetzjagd sei die Hautfarbe des Opfers gewesen. Die elf 17 bis 21 Jahre alten Angeklagten hätten den Tod des 28jährigen Farid Gouendoul durch ihr Handeln herbeigeführt und vermeiden können. Die beiden Rädelsführer (20- und 21jährig) erhielten Haftstrafen von drei beziehungsweise zwei Jahren und acht Monaten, ein dritter Skin wurde zu zwei Jahren Haft verurteilt; sechs Angeklagte erhielten Jugendstrafen zur Bewährung zwischen einem und zwei Jahren, und zwei bekamen überhaupt nur eine Verwarnung – darunter jener, der noch im

Februar 2000 die Blumen am Mahnmal für den verbluteten Algerier zertrampelt hatte.

Bundestagspräsident Thierse hat sich am deutlichsten über diesen Prozeß und seine Urteile geäußert.

Regierungssprecher Uwe-Karsten Heye hingegen wollte ausdrücklich keine „Richterschelte" betreiben. Die Verteidiger, so sagte er, hätten die Möglichkeiten der Strafprozeßordnung „exzessiv genutzt", und dies habe „nach draußen seine negative Wirkung" gehabt.

Die Brandenburger Ausländerbeauftragte Frau Almuth Berger nahm die Entscheidung des Gerichts „mit Erleichterung" auf. Da aber Frau Berger als Ausländerbeauftragte für die Interessen und den Schutz des Farid Gouendoul verantwortlich war und er sich auf diesen Schutz verließ, muß wohl auch er das Urteil des Landgerichts Cottbus „mit Erleichterung" aufgenommen haben – ebenso wie seine Ermordung.

P.S. Möchten Sie dem Begriff „deutsche Leitkultur" noch näherkommen?

Das Jüngste Gericht

Herrgott, was bin ich froh, daß unsere Justiz jetzt in einem Moskauer Archiv einen handgeschriebenen Lebenslauf Erich Mielkes gefunden hat, in dem er angibt, am 9. August 1931 bei der Erschießung von zwei nationalsozialistischen Polizeihauptleuten auf dem Berliner Bülowplatz mitgewirkt zu haben.

In der langen Geschichte unseres leidgeprüften Volkes gibt es immer wieder die Schwierigkeit mit dem Mangel an rechtlich akzeptablen Schuldzuweisungen – bis heute: Die DDR war ein souveräner Staat. Haben wir in unserer Not also auf Gestapo-Akten aus dem Jahre 1931 zurückgreifen müssen, weil Mord nie verjährt. Nun hat Mielke jene zwei Morde gestanden. Nun können wir ein Exempel statuieren.

Wir haben es nämlich satt, uns seit 1945 unter dem gehässigen Vorwurf krümmen zu müssen, wir hätten unsere Vergangenheit nicht bewältigt. Sagt sich leicht, so was. Was hätten wir denn tun sollen? Uns waren ja die Hände gebunden, die Gerichtsbarkeit lag zunächst bei den Alliierten, und was die da in Nürnberg verurteilt haben, das konnte ja nur ein Tropfen auf den heißen Stein sein, denn gleichzeitig haben sie verlangt, daß wir eine Demokratie errichten und das Land wieder aufbauen. Dazu hat man Fachleute auf allen Gebieten gebraucht. Mußte man nehmen, was da war. Konnte man nicht zimperlich sein. Soll bloß keiner sagen, daß uns das leicht gefallen ist. Meinen Sie, Adenauer hat nicht gelitten, als man seinen Staatssekretär Globke, den Kommentator der Nürnberger Rassengesetze, angriff und er sagen mußte: „Auf den Mann kann ich nicht verzichten"? Auf keinen einzigen konnten wir damals verzichten, auch nicht auf einen Bundespräsidenten, der KZs gebaut hat.

Aber jetzt ist Schluß! Jetzt bewältigen wir! Gnadenlos gehen wir vor gegen die Schuldigen in dem totalitären Unrechtsstaat DDR. Gegen eigenes Fleisch und Blut! Als Deutsche gegen Deutsche! Wir lassen keine Ausflüchte gelten. Uns interessiert nicht, ob einer aus Idealismus Faschist oder Antifaschist war – Verbrechen ist Verbrechen für uns, und Mord ist Mord!

Darum gebührt dem Kanzler auch unser ganzer Dank dafür, daß er auf dem Umwelt-Gipfel in Rio wiederum alles, alles getan hat, um sich mit den Chilenen über die Auslieferung Honneckers zu einigen. Jawohl, die großen Parteien in Bonn *haben* mit ihm zusammengearbeitet! Aber doch nicht um schnöden Mammons willen, sondern nur, um das grauenvolle Los der Brüder und Schwestern drüben ein *wenig* zu erleichtern.

Am Falle des Erich Mielke erhellt sich, vor welch unsagbar schwerer Aufgabe unsere Justiz steht. Trotzdem, und wenn die DDR voll Teufel wär: Sie wird gelingen! Wir haben aus der Geschichte gelernt. Die Welt wird sich noch wundern über uns.

Wir sagen NEIN

Na was denn, natürlich sagen wir deutschen Politiker NEIN! Ja, ja, ja, jüdische Friedhöfe werden schon seit Mitte der 50er Jahre geschändet; die Bombe auf dem Oktoberfest 1980 kostete zwölf Menschen das Leben; und die Reps; und die vielen Morde an Ausländern; und die allnächtlichen Anschläge auf Asylbewerberheime ... also, wir können uns wirklich nicht um jeden Dreck kümmern! Das gilt auch für die Lausbubenstreiche in Hoyerswerda und Rostock und in den ehemaligen Konzentrationslagern Sachsenhausen und Ravensbrück. Aber nun? Bloß wegen drei ermordeter Türkinnen in Mölln verbietet der Innenminister die „Nationalistische Front"? Was ist denn plötzlich los? Na, Mensch, so ein Großkopferter von der Industrie hat gesagt, das Ausland zieht bereits erteilte Aufträge zurück. Klar sagen wir deutschen Politiker da NEIN, wenn das Geschäft in Gefahr ist! Dreimal NEIN sagen wir da!

Die Bienen sind verrückt geworden

Am 3. Juli 1981 strahlte der ORF ein Gespräch aus, das der Österreicher Franz Kreuzer mit dem in Österreich geborenen Professor Paul Watzlawick führte, der seit vielen Jahren in Amerika lebt, Psychiatrie und Verhaltensforschung lehrt und weltbekannte Bücher schreibt. In diesem Gespräch sagte

Watzlawick: Der österreichische Nobelpreisträger Karl von Frisch hat das herausgefunden: Zwei im Grunde genommen fast gleichartige Bienenarten „sprechen" verschiedene „Sprachen". Die Bienen verständigen sich durch bestimmte Tanzformen – Schwänzeltanz, Rundtanz und so weiter. Ein und dasselbe Signal bedeutet aber bei der österreichischen Biene eine andere Entfernung vom Stock als bei der italienischen. Als nun Kreuzungen gezüchtet wurden, ergab sich, daß eine babylonische Sprachverwirrung entstanden war mit natürlich ziemlich gefährlichen Konsequenzen.

Kreuzer: Das heißt, die Bienen hielten einander für verrückt. „Verrückt" im verbalen Sinn des Menschen.

Watzlawick: Vermutlich. Die zum Stock zurückkehrende Biene, die Futter gefunden hatte und das nun in ihrer Sprache den Artgenossen mitteilte, sah sich mißverstanden.

Kreuzer: Die Distanzangabe war falsch …

Watzlawick: Die Distanzangabe war falsch: Ein wichtiges „Bienenwort" war verfremdet. Und nun kann man sich vorstellen, daß ein Bienenvolk zugrunde gehen kann, wenn eine solche Sprachverwirrung herrscht.

Kreuzer: Es geht uns Menschen also nicht viel anders als den armen Bienen mit ihren verwirrten Genomen.

Watzlawick: Das Interessante ist, daß dann sofort die gegenseitigen Beschuldigungen der „Verrücktheit" oder der „Böswilligkeit" kommen ...

So. Und nun wollen wir vom Bundespräsidenten Kurt Waldheim, vom Linzer Vizebürgermeister Carl Hödl, vom Obmann der FPÖ, Jörg Haider, vom Herausgeber und Chefredakteur des österreichischen Nachrichtenmagazins *profil,* Peter Michael Lingens, von vielen anderen, von Juden, Nazis, Neonazis, Antisemiten und von Jakob Bindel reden.

Als der verfluchte Nazikrieg, der größte und entsetzlichste der Geschichte, zu Ende war, als es wieder Papier und Druckerschwärze gab, lernte ich Jakob Bindel kennen. Vor mehr als 40 Jahren! Auch Franz Kreuzer lernte ich damals kennen – wir waren beide Reporter der *Arbeiter-Zeitung.* Im Wien der Trümmer und des Hungers, der Ratten und der Schwarzmarktschieber, im Wien des „Dritten Mannes" begegneten mir viele Menschen, die meine Freunde wurden: Helmut Qualtinger, Carl Merz, Gerhard Bronner, Michael Kehlmann, Louise Martini, so viele Menschen, jung wie ich.

Bevor ich zur Zeitung kam, war ich Dolmetscher der amerikanischen Militärpolizei. Oft arbeitete ich da im Auersperg-Palais, der Funkzentrale der berühmten „Vier im Jeep". Und wenn ich Nachtdienst hatte, und wenn es ruhig war, dann saß ich mit meinem französischen Freund Jean-Pierre und meinem russischen Freund Sascha und meinem englischen Freund Jack und meinem amerikanischen Freund Homer, einem riesenhaften Neger, zusammen, und da waren neue Bücher und neue Schallplatten und neue Zeitschriften aus so vielen Ländern, und da war Hoffnung, so sehr viel Hoffnung – genau wie bei all meinen Wiener Freunden! Wir debattierten nächtelang. Was waren das für Gespräche, was waren das für Freundschaften! Wir hatten die Nazipest überlebt, sie war vorbei (glaubten wir), und nun kamen wir, die Jungen, und wir wollten aus den Trümmern eine neue Welt aufbauen, eine bessere, eine gerechtere, eine schönere, eine Welt jener „Vier Freiheiten", die Präsident Roosevelt am 6. Januar 1941 vor dem Kongreß der Vereinigten Staaten angekündigt hatte. Roosevelt sagte damals: „In künftigen Tagen, um deren Sicherheit wir uns bemühen, sehen wir freudig einer Welt entgegen, die auf vier wesentlichen Freiheiten des Menschen gegründet ist. Die erste dieser Freiheiten ist die der Rede und des Ausdrucks, und zwar überall auf der Welt. Die zweite dieser Freiheiten ist die, Gott auf seine Weise zu verehren, für jedermann und überall. Die dritte dieser Freiheiten ist die Freiheit von Not. Das bedeutet weltweite wirtschaftliche Verständigung, die jeder Nation gesunde Friedensverhältnisse für ihre Einwohner sichert, und zwar überall auf der Welt. Die vierte Freiheit aber ist die Freiheit von Furcht, das bedeutet eine weltweite Abrüstung, so gründlich und so lange durchgeführt, bis kein Staat mehr in der Lage ist, seinen Nachbarn anzugreifen, und zwar überall auf der Welt."

Es war die wunderbarste Zeit meines Lebens, damals im Wien der Ruinen und der Dunkelheit. Es war die wunderbarste Zeit im Leben von vielen Millionen auf der ganzen Welt. Danach kam alles ein bißchen anders. Ein bißchen sehr anders. Entsetzlich, grauenvoll anders. Aber damals ...

Damals rief mich ein Mann, den ich nicht kannte, zum Schuhmeierplatz im 16. Bezirk. Jakob Bindel hieß der

Mann. Er war Bundessekretär der „Kinderfreunde“ und Leiter des Jungbrunnen-Verlags. Ich hatte gerade meinen ersten noch während des Krieges entstandenen Roman veröffentlicht. Jakob Bindel sagte: „Ich bin der Ansicht, daß ein guter Schriftsteller – wie Fritz Habeck zum Beispiel – auch für Kinder schreiben soll, nein, schreiben muß! Wie ist das mit Ihnen? Wir brauchen ein Kinderbuch über Demokratie. Sehr schwer zu schreiben, ich weiß. Kinder sind hellwach. Sie erkennen sofort, wenn man ihnen mit erhobenem Zeigefinger etwas unterjubeln will. Dann lesen sie nicht weiter. Sie müssen aber weiterlesen! Sie müssen wissen, wie man nach demokratischen Spielregeln ein anständiges Leben führt. Denn die Kinder von heute werden die Erwachsenen von morgen sein.“

Solche Worte hätte auch Erich Kästner sagen können. Solche Worte hat Erich Kästner gesagt. Sein Leben lang hat er für Frieden, Vernunft und Gerechtigkeit gekämpft. Genau dasselbe hat mein verehrter Freund Jakob Bindel getan, und er tut es noch immer. 86 Jahre ist er nun alt, aber geistig so jung und besessen von seiner Arbeit wie damals nach dem Krieg.

Viele andere Menschen in Österreich sind ebenso besessen von ihren anständigen Überzeugungen. Zum Beispiel Peter Michael Lingens. Er hat ein Buch geschrieben mit dem Titel *Auf der Suche nach den verlorenen Werten.* „Ein gutes Buch“, nennt es Axel Corti, ein anderer Wiener, der in seinen großartigen Filmen an diese verlorenen Werte erinnert und der gegen Faschismus, Antifaschismus und jegliches Unrecht kämpft.

In seinem Buch schreibt Lingens: „Wenn die Deutschen, wie die *Süddeutsche Zeitung* meint, ‚immerhin Untersuchungsausschüsse installieren‘, während wir ‚den Mist längst unter den Teppich gekehrt haben‘, so scheint mir auch darin eine Erfahrung aus jener düsteren Vergangenheit fortzuwirken: Österreich hat sich durchschwindeln können.

Es ist unterm Teppich geblieben, daß Hitler aus Österreich stammt. Es ist unterm Teppich geblieben, daß er seinen bis zur Geisteskrankheit gesteigerten Antisemitismus in Österreich lernte. Es ist unterm Teppich geblieben, daß Eichmann aus Linz kam und das halbe Judenreferat aus Österreichern bestand. Es ist unterm Teppich geblieben, daß wir prozentuell ein Vielfaches dessen an Kriegsverbrechern produzierten, was dem Verhältnis zwischen deutscher und österreichischer Bevölkerung entsprach.

Statt ganz vorne unter den Tätern figurieren wir ganz vorne unter den Opfern. Haben es geschafft, der Welt Sand in die Augen zu streuen. Indem wir dieses ganz grausliche Zeug einfach beiseite geschoben haben. Die Gerichtsverfahren schon in den sechziger Jahren fast durchwegs mit Freisprüchen beendet. Später Entdecktes nicht einmal mehr angeklagt. Kaum Schuldbekenntnisse. Nirgendwo kollektive Scham. Nur in seltenen Ausnahmen – etwa in den Fernsehsendungen Hugo Portischs – das Bemühen um Einsicht in Ursachen und Mechanismen.

Wir haben nie gestanden. Und nie gebeichtet."

Nein, das haben wir nie! Wir haben es fertiggebracht, uns und anderen einzureden, daß wir das erste Opfer der Hitler-Aggression gewesen sind – und bei Kriegsende eine „befreite Nation"!

Wir haben einen Mann zum Bundespräsidenten gewählt, dem, wie es damals auf seinen Plakaten stand, „die Welt vertraut". Mittlerweile mißtraut ihm die Welt. Dieser Mann, Kurt Waldheim, ist nach allem, was wir wissen, kein Kriegsverbrecher gewesen und möglicherweise nicht einmal ein Nazi. Ganz gewiß ist er ein Lügner. Er sagt, daß er viele Situationen und Ereignisse nicht erlebt hat, die er unter allen

Umständen erlebt haben muß. Er sagt, daß er sich an solche Situationen und Ereignisse nicht erinnern kann. Er ist ein Lügner, weil er von Anfang an und bis zum heutigen Tag immer nur das zugegeben hat, was man ihm, belegt durch unangreifbare Dokumente, unter die Nase hielt. Nur in solchen Fällen konnte Kurt Waldheim sich erinnern.

Über die Zeit nach der Wahl, als die große Auseinandersetzung begann, als durch den Streit um diesen Mann Waldheim in absolut fürchterlicher Weise der Deckel von dem großen Kessel abgehoben worden war, in dem der ganze elende Abschaum, der ganze Dreck und die ganze Schande Österreichs kochten, als es zu den wüstesten Meinungsäußerungen, Ausschreitungen und einer Flut von aggressivem Selbstmitleid in unserem Land kam, weil die Welt erschrocken und abgestoßen reagierte, schreibt Lingens: „Die Welt tut Österreich in dieser ganz speziellen Auseinandersetzung unrecht. Freilich im Sinne einer höheren Gerechtigkeit: denn Kurt Waldheim wäre wahrscheinlich auch gewählt worden, wenn er tatsächlich persönlich an jenen Geiselerschießungen teilgenommen hätte, deren Durchführung er weitergemeldet hat." Und: „Immerhin diente im österreichischen Parlament mit Friedrich Peter ein Abgeordneter, der zwei Jahre hindurch einer Truppe angehörte, die Woche für Woche Zivilisten, Frauen und Kinder ermordete; er wurde auf dem Höhepunkt der Waldheim-Affäre unter *standing ovations* aller drei Parlamentsfraktionen verabschiedet; und wäre unter Bruno Kreisky um ein Haar zum Präsidenten des Hohen Hauses befördert worden – das zweithöchste Amt, das dieser Staat zu vergeben hat ..."

Und hier sind wir wieder bei der babylonischen „Sprachverwirrung" der Bienen, von der eingangs die Rede war. Denn zur gleichen Zeit, da Waldheim tagtäglich für Schlagzeilen sorgte, wurde Axel Cortis grandiose Filmtrilogie *Wohin und zurück*, insbesondere ihr dritter Teil *Welcome in Vienna*, im Ausland begeistert aufgenommen. Diese Trilogie erzählt bekanntlich, nach dem Lebensvorbild Georg Stefan Trollers, die Geschichte eines jungen Wiener Juden, der 1938 emigrieren muß, im Zweiten Weltkrieg als amerikanischer Soldat kämpft und 1945 nach Wien zurückkommt, wo er feststellt, daß sich im Verhalten sehr vieler Wiener seit 1938 sehr wenig geändert hat.

Lange vor der Waldheim-Affäre setzte der von mir sehr bewunderte Hugo Portisch als Chefredakteur des *Kurier* Berichte über Naziverbrechen vierspaltig auf die erste Seite. Später präsentierte er seine in der Geschichte des internationalen Fernsehens einmalige TV-Dokumentation *Österreich II*.

Und Jakob Bindel, für den ich damals, nach dem Krieg, noch ein zweites Kinderbuch geschrieben habe, ging immer weiter unbeirrbar seinen Weg, Kinder durch Bücher zu friedfertigen, anständigen, gerechten und informierten Menschen zu erziehen. Inzwischen war er von der Gemeinde Wien auch in den Verlag für Jugend und Volk gerufen worden. Darüber hinaus kümmerte er sich um die Gesellschaft österreichischer Kinderdörfer.

Aus einem Brief Bindels: „... jetzt gibt es fünf Kinderdörfer und ein Sozial-Waisenheim. Wir haben erkannt, daß es falsch wäre, entweder nur einen ‚Heimvater' oder nur eine ‚Heimmutter' zu nehmen. Die Kinder müssen sich in einer Familie fühlen! Also haben wir einen ‚Vater' und eine ‚Mutter' – zwei Erzieher! Und in Salzburg haben wir ein Abkommen mit der Polizei: Jugendliche Straftäter kommen nicht in den Arrest, sondern in ein Kinderdorf. Und dort werden sie für den Fall, daß sie keine oder sozial behinderte Eltern haben, an das Jugendamt überwiesen ..."

Tja, aber die Bienen ...

Als die Auseinandersetzung zwischen Waldheim-Verteidigern und Waldheim-Gegnern immer mehr eskalierte, da fand es der Vizebürgermeister von Linz, Carl Hödl, für angebracht, dem Präsidenten des Jüdischen Weltkongresses, Edgar Bronfman, der Waldheim Kriegsverbrechen vorgeworfen hatte, einen Brief zu schreiben, in dem es wörtlich heißt: „Von unserem Herrn Bundespräsidenten wissen wir, daß er nie ein Nazi war – das haben Sie auch nie beweisen können, wohl behauptet – und daß er als Oberleutnant der deutschen Armee ein so kleines Rädchen war, daß er zwar für die Richtigkeit einer Abschrift unterschreiben konnte, aber nie einen Befehl zum Töten. Das, Herr Bronfman, müssen Sie wissen, oder Sie haben wider besseres Wissen Ihre Behauptung von sich gegeben. Dann sind diese Behauptungen so zu werten wie die Ihrer Glaubensgenossen von vor 2000 Jahren, die in einem Schauprozeß Jesus Christus zum Tode verurteilen ließen, weil er in das Konzept der Herren von Jerusalem nicht paßte."

Sechs Millionen Juden sind von den Nazis ermordet worden. Gegen Hödl wurde kein Verfahren eingeleitet. Er trat nicht von seinem Amt zurück. Außenminister und Vizekanzler Mock antwortete auf die Frage von Fernsehreportern, was er beziehungsweise seine Partei zu tun gedenke: „Hödl hat versichert, daß er kein Antisemit ist. Damit ist die Angelegenheit für die ÖVP erledigt."

Waldheim distanzierte sich desgleichen nicht von Hödls Brief. Seine Standarderklärung: „Ich habe ein reines Gewissen. Ich habe nur meine Pflicht getan."

Zu der Zeit, da Hödl seinen Brief schrieb, arbeitete Jakob Bindel schon lange an seinem größten und wichtigsten Projekt, den „Büchern für den Frieden", den internationalen Kinder- und Jugendbibliotheken. Er schickte mir einen

„Kinderdorf"-Brief, in dem es heißt: „Bücher vermitteln immer eine Botschaft! Junge Menschen sollen mit Hilfe von Bibliotheken, die das Thema Frieden in seiner Vielfalt darstellen, angehalten werden, darüber nachzudenken, daß allein der Friede eine sinnvolle Gestaltung des Lebens möglich macht ... Wie kann man Vergangenheit bewältigen, wenn man sie nicht kennt? Das gilt für die seit Jahrtausenden geführten Kriege, für Ungerechtigkeit, für Millionen und Abermillionen von Toten, es gilt ebenso für Kämpfe mit dem Schwert wie für die Atombombe, die auf Hiroshima abgeworfen wurde ... Es begann also nicht erst mit dem Händedruck des Herrn Bundesminister Frischenschlager und dem SS-Sturmbannführer Reder, der Hunderte von Toten in Marzabotto auf dem Gewissen hat. Soll die Jugend mit der Vergangenheit ihrer Eltern fertig werden, soll sie die Sünden des Faschismus und des Nationalsozialismus erkennen, muß sie die Geschichte dieser und aller kriegerischen Verbrechen kennenlernen. Von Marzabotto über die Begegnung italienischer und österreichischer Kinder in den Jahren 1985 und 1986 war es nur ein Gedankenschritt bis zu dem Plan, internationale Kinder- und Jugendbibliotheken für den Frieden zu begründen ... Die Titelliste der Friedensbibliothek umfaßt heute bereits 132 Bücher ... Die erste Friedensbücherei wurde in Marzabotto eingerichtet ... Sie mahnt ‚Niemals vergessen' in Erinnerung an die Tat eines jungen deutschen Soldaten, der sich weinend weigerte, mit einem Maschinengewehr auf die vor einer Kirche stehenden geflüchteten Kinder, Frauen und Geiseln zu schießen. Der unbekannte junge Soldat, wegen Befehlsverweigerung sofort erschossen, und die Toten von Marzabotto waren Beweggründe für diese Aktion ..."

Aber die Bienen ...

In einem Interview erklärte der Obmann der FPÖ, Jörg Haider: „Die Generation, der ich angehöre, hat andere Probleme, als sich mit der sogenannten ‚Trauerarbeit' auseinanderzusetzen." (Waldheim erklärte einmal, er wisse nicht, was ‚Trauerarbeit' ist.) Haider weiter, in demselben Interview: „Es hat im Rahmen des NS-Regimes Vorgänge gegeben, die nicht zu akzeptieren sind ... Na ja, es waren Aktivitäten und Maßnahmen gegen Bevölkerungsgruppen, die eklatante Verstöße gegen die Menschenrechte waren ... Wenn Sie wollen, dann war es halt Massenmord ..."

Dann war es halt Massenmord.

In den *Kärntner Nachrichten*, dem Zentralorgan der Kärntner FPÖ, gab es unter dem Titel „Nach Holocaust neue Fernsehlüge" eine Aktion, in der die Leser aufgefordert wurden, gegen die Darstellung eben dieser Massenmorde im ORF zu protestieren. In derselben Zeitung fand sich für Hitler diese Formulierung: „Als Führer im Zweiten Weltkrieg benahm sich Hitler ständig wie ein Ehrenmann. Das böse Triumvirat Churchill, Stalin und Roosevelt benahm sich laufend wie sadistische Verbrecher und betrügerische Lügner, die sie in Wirklichkeit auch waren ..."

Nach einer „Club-2"-Sendung, in der ich gesagt hatte: „Die stärkste Emotion, die Sie bei mir finden können, ist mein Haß auf die Nazis", schrieb mir – neben vielen Leuten, die es vorzogen, mich anonym zu beschimpfen – ein R. Frougauer aus Namlos 23, Tirol: „Sehr verachteter Herr Simmel! Sie sind ein Idiot, wie er im Büchl steht. Ohne Hitler u. seine Partei würden die Sowjetkommunisten schon längst ihre Schweißfüße im Ärmel-Kanal oder in den Pyri(!)näenbächen baden. Man darf doch nicht immer das Schlechte sehen, man muß auch das Gute sehen, was diese ‚bösen' Nazis geschaffen haben. Die Autobahnen z. Beisp., den Volkswagen, den Volksempfänger etc. Millionen deutscher Arbeitsloser wären heute froh, wenn ein A. H. käme u. ihnen Arbeit und Brot verschaffen würde."

Seit 19 Jahren erhalte ich zu Weihnachten einen Brief von einem Wiener, der meine Bücher gerne liest. Heuer erhielt ich einen Brief im Juli von ihm – am selben Tag, an dem die Postkarte des R. Frougauer eintraf. In dem Brief heißt es: „... was mich sehr traurig und ängstlich macht: die Lage in Österreich, 50 Jahre danach. Schuld sind natürlich wieder mal ... na, wer wohl? Und dazu ein Geständnis: Mein Vater war Jude (und wurde ermordet), daher bin ich nach den Nürnberger Rassengesetzen Halbjude. Und als solcher habe ich Angst. Ehrlich. Denn: wohin mit 76?"

Ein „Geständnis". Und die „Nürnberger Rassengesetze". Im Sommer 1987.

Die Bienen. Die Bienen.

Einige Titel aus der Friedensbibliothek: Max von der Grün: *Wie war das eigentlich?* Judith Kerr: *Als Hitler das rosa Kaninchen stahl.* Gudrun Pausewang: *Ich habe einen Freund in Leningrad.* Hermann Vinke: *Das kurze Leben der Sophie Scholl.* Gusenberg/Schröter: *Mahatma Gandhi.* Ian Kellers: *Frieden für Anfänger.* Toschki Marouki: *Das Mädchen von Hiroshima.* Karl Bruckner: *Sadako will leben.* Marjorie Darke: *Ich zieh nicht in den Krieg.* Harald Steffhan: *Albert Schweitzer.* Bernard Benson: *Das Buch vom Frieden.* Regula Renschler: *Wer sagt denn, daß ich weine?*

In einem Vortrag in der Alten Universität Wien am 16. März 1982 sagte der weltberühmte Philosoph Sir Karl Popper, ein gebürtiger Wiener, beim „Toleranzgespräch" dies: „Ich glaube, daß wir viel tun können. Wenn ich ‚wir' sage, so meine ich die Intellektuellen ... Warum denke ich, daß wir, die Intellektuellen, helfen können? Einfach deshalb, weil wir, die Intellektuellen, seit Jahrtausenden den gräßlichsten Schaden angestiftet haben. Der Massenmord im Namen einer Idee, einer Lehre, einer Theorie – das ist unser Werk, unsere Erfindung: die Erfindung der Intellektuellen. Würden wir aufhören, die Menschen gegeneinanderzuhetzen – oft mit den besten Absichten –, damit wäre schon viel gewonnen."

Menschen gegeneinanderzuhetzen ...

Mein Freund Gerhard Krug, Reporter beim *Stern*, war wie ich kürzlich in Wien. Wir haben die „Mahnwache für den österreichischen Widerstand" beim Stephansdom gesehen, und wir haben eines der 50.000 Flugblätter gelesen, die da verteilt worden sind. Kernsatz des Blattes: „Nun ist die österreichische Lebenslüge geplatzt. Das schmachvolle Vergessen und Nie-etwas-gewußt-nie-etwas-bemerkt-Haben des einen beschämt uns alle."

Wir hörten diesen Dialog: „Ja, ja, die Pflicht, die kennen wir." – „Woher sollten wird denn wissen, was die Deutschen alles planen?" – „Haben Sie denn nie den *Völkischen Beobachter* gelesen?" – „Sie sind ein Schlaumeier." – „Ach, Sie haben nichts begriffen!" Oder diesen: „Der Waldheim lügt." – „Wie alle Österreicher!" – „Ja, aber wenn Sie mich anlügen, ist's mir egal. Nicht, wenn mich der Bundespräsident anlügt!" Oder diesen: „Wo hat denn der Tito 1945 protestiert gegen den Waldheim, der war doch der größte Partisan, der wußte doch ..." – „Also ..." – „Laß mich ausreden, Ihr lernt doch alles nur aus Schulbüchern!" – „Leider nicht."

„Wir haben mehrere Österreich", sagte der 36jährige Rechtsanwalt Daniel Charim, der die „Mahnwache" mitorganisierte, meinem Freund vom *Stern*. „Aus einem Österreich bin ich ausgewandert. Wir befinden uns in einem geistigen Bürgerkrieg." Im Waldheim-Jahr habe sich die Lage dramatisch verschlechtert: „Ich meine nicht den täglichen

Faschismus, das Anspucken und Beschimpfen, diesen vulgären Antisemitismus. Nein, das Schlimme ist, daß es wieder Politiker gibt, die unterschwellig den Judenhaß provozieren."

Aus einem Brief Jakob Bindels: „Wir haben sehr viel zu tun und sind sehr froh darüber. Inzwischen konnten wir 182 Büchereien mit 16.000 Büchern verschenken. Insgesamt haben uns bis jetzt 523 Spender mit einem Betrag in der Höhe von 1,5 Millionen Schilling unterstützt. Hinzu kommt noch die Karl-Bruckner-Stiftung in der Höhe von 500.000 Schilling ..."

Mein Freund Gerhard Krug und ich fanden im *Volksblatt* einen Bericht über Anti-Waldheim-Demonstrationen in Rom unter dem Titel „Juden fallen über den Papst her". Die *Neue Kronen-Zeitung* schrieb von einer „Sudelkampagne der Linksrabiaten", von „Austromarxisten" bis zu „Waldheim-Kannibalen", die gegen den Bundespräsidenten am Werk sind.

Josef Hindels, SPÖ, nannte Waldheim, krasser als ich, einen „hinterhältigen Lügner". ÖVP-Generalsekretär Graff erklärte daraufhin, Hindels' Diktion ähnele der von Hitlers Blutrichter Freisler.

„Gehört bald ganz Österreich auf die Couch?" fragte mein Freund Gerhard Krug im *Stern.*

Es steht zu befürchten. Und es steht weiters zu befürchten, daß das noch das Harmloseste ist, was uns Österreichern passieren kann. Waldheim sagt kein einziges wirklich hilfreiches Wort. Die Kirche sagt kein einziges wirklich hilfreiches Wort. Kanzler Vranitzky versucht immer wieder, die höher und höher schlagenden Wogen der Empörung und des Hasses (ja, nun schon des Hasses) auf der einen und auf der anderen Seite zu beruhigen. Er weiß sehr wohl, warum er das tut ...

Watzlawick: ... und nun kann man sich vorstellen, daß ein Bienenvolk zugrunde gehen kann, wenn eine solche Sprachenverwirrung herrscht.

Kreuzer: Es geht uns Menschen also nicht viel anders als den armen Bienen mit ihren verwirrten Genomen.

Watzlawick: Das Interessante ist, daß dann sofort die gegenseitigen Beschuldigungen der „Verrücktheit" oder der „Böswilligkeit" kommen ...

Die Bienen und die Menschen. Das Bienenvolk und das Menschenvolk.

Wenn den gegenseitigen Beschuldigungen, der Lüge, der Hetze, der Infamie, wenn den ganzen furchtbaren Emotionen, die in Österreich neu ausgebrochen sind, nicht – und das bald, bald, bald! – endlich das Eingeständnis unserer Mitschuld an dem Jahrtausendverbrechen der Nazis folgt; wenn es nicht gelingt zu erreichen, daß unbelehrbare Judenhasser wenigstens nicht die Unterstützung von Politikern finden (oder selbst Politiker sind); wenn wir nicht endlich einsehen, daß niemand sich einfach für alle Zeit „durchzuschwindeln" vermag; wenn sich nicht – und das bald, bald, bald! – Vernunft, Gerechtigkeit, Ehrlichkeit und Toleranz durchsetzen, dann kann man sich vorstellen, daß ein Volk zugrunde geht.

Die im Dunkeln sieht man nicht

Kritik am unverantwortlichen Umgang mit Gen-Technologie am Beispiel Österreichs, geschrieben im Herbst 1987

Im Jahre 1953 entschlüsselten der amerikanische Biochemiker Francis Crick und der Engländer James Watson die Struktur der Desoxyribonukleinsäure, abgekürzt DNS, und damit das Geheimnis des Lebens. Die DNS, eine chemische Substanz, ist die Trägerin aller Erbeigenschaften. Ohne sie kann sich kein Lebewesen – weder Mikrobe noch Virus, weder Pflanze noch Tier, noch Mensch reproduzieren. Die DNS ist die Trägerin von Informationen, die von Generation zu Generation weitergegeben werden, und zwar in Erbeinheiten, den Genen. Mit der Entdeckung der sogenannten Doppelhelix begann ein neues Zeitalter.

Ungeachtet einer Entwicklung von Jahrmillionen, ungeachtet aller Weisheit der Natur, dachten Wissenschaftler nun, da sie wußten, wie die Struktur der DNS aussieht, sofort daran, sie zu verändern, zu manipulieren, zu „rekombinieren". Sie delirierten geradezu (und tun das heute noch), wenn sie an die segensreichen Folgen von rekombinierter DNS dachten: Unheilbare Krankheiten schienen plötzlich besiegbar. Der Krebs verlor seine Unnahbarkeit. Wenn man genetische Bausteine gezielt in Zellen einschleuste, würde man eine breite Skala der unterschiedlichsten Maladien psychischer oder organischer Natur kurieren können. Genetische Frühdiagnosen würden es erlauben, eine wachsende Zahl von Erbkrankheiten zu erkennen, um gegebenenfalls rechtzeitig Schwangerschaften abzubrechen. Man wollte (und will mehr denn je) einen Katalog des gesamten Genoms jedes einzelnen Menschen zusammenstellen. Pflanzen würden sich genetisch umstrukturieren lassen. Größere Früchte! Bessere Sorten! Unabhängig von Hitze, Dürre, Regen oder Kälte! Auch besseres Fleisch von größeren, gesünderen Tieren konnte man erwarten! Und natürlich gesündere, stärkere, klügere Menschen!

Allein, wie abhängig solche „menschenverbessernden" Pläne von Gesellschaftssystemen sind, demonstrierte die DDR-Medizintheoretikerin Christa Gaul bereits 1981. In *Humanitas*, einer Zeitschrift für Medizin und Gesellschaft, schrieb sie damals: „Da nicht alle Schadfaktoren und pathogenen Einflüsse aus der Umwelt und der Lebensweise zu eliminieren sein werden, liegt die Aufgabe einer zukünftigen Medizin darin, *den Menschen selbst zu verändern* ... Es bleibt kein Platz für idealistische Interpretationen des Verhaltens und der psychischen Leistungsfähigkeit des Menschen. Veränderungen des Verhaltens, einschließlich des Denkens als ‚inneres Verhalten', sind nur über Veränderungen organischer Strukturen möglich ...!"

Nicht, daß in kapitalistischen Staaten andere Träume geträumt wurden!

Der Bakterienphysiologe Bernhard D. Davis von der Harvard Medical School erklärte: „Ich will die Produktion (!) solcher Individuen verringern, deren genetische Ausstattung ihre Fähigkeiten begrenzt, einer technologisch komplexen Umwelt zu genügen."

In West und Ost also: *Der Mensch nach Maß!*

Wer aber bestimmt über „wertvoll" oder „wertlos", „normal", „abnormal", „klug", „dumm", „gut" oder „böse"? Die Regierungen. Die Politiker. Die Mächtigen ...

Etwa seit 1970 arbeiten Wissenschaftler in der ganzen Welt – mit rekombinierter DNS – an der Herstellung von neuen, besseren Weizensorten, an der Züchtung von Tieren, die besseres und mehr Fleisch geben sollen, und an zahlreichen, in der Tat segensreichen Projekten betreffend Krankheiten, insbesondere Krebs. Überall läuft die Forschung auf Hochtouren, um zu produzieren, was die Mächtigen gerne hätten – den Menschen nach Maß, den Menschen, mit dem man alles machen kann.

Dazu nur ein Beispiel: Es ist sehr unwahrscheinlich, daß die Evolution im Gehirn Anlegestellen entwickelt hat, um das Milliardengeschäft der Firma Hoffman-La Roche mit Valium, dem verbreitetsten Beruhigungsmittel, zu besorgen. Also suchten Chemiker nach dem natürlichen Stoff, mit dem das Gehirn Angst bekämpft, und fanden zwei natürliche (das hatte noch nichts mit Genmanipulation zu tun) Botenstoffe. Der eine hat den bekannten angstlindernden Effekt, der andere erzeugt die ebenso bekannte Valium-Stumpfheit.

Nun aber wird längst jener genetisch manipulierte Stoff gesucht, der nur zu *einem* der beiden Rezeptoren paßt. Das Super-Valium der Zukunft soll die perfekte Anpassung an die Arbeits- und Lebensbedingungen der Industriegesellschaft möglich machen. Es soll leistungshemmende Angst bekämpfen, ohne leistungsmindernde Dumpfheit zu erzeugen ...

Dieser euphorische Taumel, alles zu machen, was sich nur machen läßt, hat auch österreichische Wissenschaftler (und österreichische Geschäftsleute) ergriffen. Indessen ist die Art und Weise, in der hier gearbeitet wird, skandalös und nicht länger hinzunehmen: In Österreich werden gentechnologische Experimente weder registriert, noch werden Produktionsanlagen auf spezifische neue Risiken überprüft!

Während z.B. amerikanische Richtlinien in Molekularbiologie-Instituten Bio-Sicherheits-Komitees mit mindestens zwei Vertretern der Öffentlichkeit vorsehen, verhalten sich Unternehmen dieser Art in Österreich ganz so, wie es ihnen gefällt, und kein Mensch überwacht sie.

Man ist hierzulande in erschreckendem Maße unkritisch. Glücklich stellt man fest, daß einige Gesellschaften Gentechnik-Forschung betreiben, eine Debatte darüber indessen, welche Gefahren diese Forschung birgt, will man nicht einmal erst anfangen. Mit dem Hurra-Geschrei „Wir werden den Krebs besiegen!" schläfern diese Gesellschaften und die Medien Öffentlichkeit und Verantwortliche ein. (Es ist ja noch nichts passiert ...)

An vielen anderen Orten jedoch ist bereits Schreckliches passiert. Im Pariser Pasteur-Institut beispielsweise starben fünf Menschen, die mit Gen-Technologie beschäftigt waren, an einer neuen, furchtbaren Art von Krebs. Heute ist man sicher (wenn es auch niemand zugeben will), daß diese Menschen Opfer ungenauer Arbeitsmethoden geworden sind. Bei den Recherchen zu meinem Buch *Doch mit den Clowns kamen die Tränen* sah ich in den Infektionsabteilungen zahlreicher Gentechnologie-Institute immer wieder Menschen mit rätselhaften Erkrankungen, die es zuvor noch nie gegeben hat.

In Österreich werden bislang alle Versuche, hier verbindliche Richtlinien für die Forschung zu schaffen, blokkiert. Arbeit mit menschlichen Embryonen ist hier ebenso gestattet wie unkontrollierte Produktion im industriellen Maßstab. Eine öffentliche Enquete zur Sicherheit in der Gen-Technologie wurde zwar angekündigt, hat aber bis heute nicht stattgefunden. Eine Freisetzung von Mikroorganismen wäre in Österreich ebenso unbemerkt möglich wie etwa in Argentinien oder Neuseeland. Daß eine unbeabsichtigte Freisetzung (oder Entstehung durch ungenaues Arbeiten) von potentiell pathogenen Keimen ungeheuerlich gefährlich sein könnte, will in Österreich kein mit der Materie Befaßter zugeben.

Es steht seit langem fest, daß die Supermächte sich verzweifelt bemühen, aus der „Atomspirale" herauszukommen. Also suchen sie, da sie ja nicht über Nacht Friedensengel geworden sind, nach einer Waffe in einer neuen Art von Krieg, dem *soft war,* einem stillen, leisen Krieg, in dem es keine Zerstörung, keine Toten oder Verwundeten geben soll – nur *veränderte* Menschen. In meinem Buch wird – bei der Arbeit mit rekombinierter DNS – von Forschern, die nach einem Virus gegen Brustkrebs suchen, durch „Ungenauigkeit" ein Virus freigesetzt, das absolut aggressions- und kritiklos macht – die ideale Waffe für einen *soft war,* wenn man die eigenen Leute durch einen Impfstoff gegen dieses Anti-Aggressions-Virus schützt.

Nach einem solchen Virus wird überall fieberhaft gesucht. Unbegrenzte Mittel stehen zur Verfügung. (Und dies zu einer Zeit, in der weltberühmte Forscher immer lauter behaupten, daß die schreckliche Immunschwäche Aids desgleichen durch „ungenaues Schneiden", durch einen „Unfall" entstanden sei.) Den Verantwortlichen in Österreich ist all dies egal. Es gab eine parlamentarische Anfrage der Grünen. Geändert hat sich nach ihr nichts. Nicht einmal die „Studie Gentechnologie im österreichischen Recht", die Klarheit schaffen sollte, wurde in Auftrag gegeben. Heute stehen 500 Millionen Schilling öffentlicher Gentechnologie-Forschung etwa 6 Millionen für Technik*bewertung* gegenüber!

Wie schlimm die Lage ist, zeigen auch die Erfahrungen, die Dr. Manuel Kiper, ein Abgeordneter der Grünen in der Bundesrepublik, machen mußte. Im Frühsommer 1987 erhob Kiper beim Amtsgericht Hannover Klage gegen ein Institut der Tierärztlichen Hochschule in Hannover. Kiper erklärte, das Institut beschäftige sich mit genetischen Experimenten und würde vom Verteidigungsministerium finanziert. Die genaue Summe konnte er nicht nennen. Das Verteidigungsministerium verweigerte jede Auskunft. Das Institut hingegen gab bekannt, es würde von keiner anderen Seite finanziert. In einem sehr kurzen Artikel in der *ZEIT* behauptete Kiper, an diesem Institut werde die Entwicklung der „Bio-Waffe" vorangetrieben. Keine einzige deutsche Zeitung, kein Nachrichtenmagazin, kein Fernsehsender brachte danach noch eine einzige weitere Meldung über das, was in Hannover vor sich geht.

Es scheint – wie im Fall der in meinem Buch aufgestellten Behauptungen – nicht nur in der Bundesrepublik eine vereinbarte Sprachregelung zu existieren, die auf totales Verschweigen hinausläuft, und was dieses totale Verschweigen betrifft, so hält Österreich hier einen vorderen Platz. Ich schreibe dies nicht im Zustand des Verfolgungswahns, sondern aus realem Erleben und täglicher Beobachtungen. Niemand soll und darf wissen, was entwickelt, was gemacht wird – ganz gewiß nicht *made in Austria.*

PLÄDOYERS FÜR DIE MENSCHENRECHTE

Der Skandal um die Kinderkrebsklinik Düsseldorf

Nach Erscheinen dieses Artikels in der Rheinischen Post vom 5. Juli 1980 gab es große Aufregung in Düsseldorf. Die Lebensbedingungen der kranken Kinder wurden sofort wesentlich verbessert. Unsere Hoffnung, daß mit dem Neubau der Klinik sofort begonnen würde, erfüllte sich allerdings nicht.

Liebe Kinder!
Eure Eltern haben mich eingeladen, euch aus meinen Kinderbüchern vorzulesen. Das habe ich getan. Ich bin mit vielen Büchern und mit Schallplatten, auf denen der Inhalt der Bücher von Schauspielern noch spannender gespielt wird, zu euch gekommen. Ihr habt euch sehr gefreut und mächtig geklatscht. Aber ich habe kaum lesen können, mir ist zu sehr zum Heulen gewesen. Und so mußten wir dann, als ich nicht lesen konnte, den Plattenspieler laufen lassen. Eure Eltern sind Ärzte, Lehrerinnen, Lastkraftwagenfahrer, Verkäuferinnen – Männer und Frauen aus fast allen Berufen. Doch es ist die gleiche Krankheit, die ihr alle habt. Diese Krankheit heißt Krebs.

Etwa zweihundertfünfzig seid ihr, die da in der Kinderkrebsklinik KC II der Universität Düsseldorf behandelt werden – fünfzehn immer stationär, der Rest ambulant. Manche von euch müssen täglich zur Behandlung, andere alle vierzehn Tage, wieder andere alle drei Monate. Dreiunddreißig Prozent haben Leukämie, vier bis fünf Prozent Lymphdrüsen-Entartung, zwanzig Prozent Hirntumore, zwanzig Prozent Neuroblastome, der Rest verteilt sich auf verschiedene Krebsarten. Ihr seid Babys, wenige Monate alt, und ihr seid junge Damen und Herren, siebzehn, achtzehn Jahre alt. Die Großen unter euch wissen, was mit ihnen los ist. Die ganz Kleinen wissen es noch nicht. Chirurgie und Chemotherapie stellen die Hauptbehandlungsformen dar. Ihr bekommt Zellteilungs-Gifte in die Venen gespritzt oder in Tablettenform. Diese Medikamente setzen die Abwehrkraft eurer Körper sehr herab, und so haben viele von euch ständig eine oder mehrere andere Krankheiten. Es kommt auch häufig vor, daß euch alle Haare ausfallen. Oder daß eure kleinen Beine plötzlich gelähmt sind. Es gibt ganz, ganz arme unter euch, die können nicht mehr sehen und nicht mehr sprechen und dürfen überhaupt nicht angefaßt werden, weil schon leichteste Druckstellen sogleich zu bluten beginnen.

Der Erfolg der Behandlung ist unterschiedlich. Eure Ärzte unterscheiden vier Stadien. In den Stadien I und II liegen die Chancen, daß ihr wieder gesund werdet, zwischen vierzig und neunzig Prozent, in den späteren Stadien III und IV können diese Chancen auf fünf Prozent sinken. Wenn ihr schon zu groß seid oder noch zu klein, habt ihr schlechte Aussichten, mit dem Leben davonzukommen. Am besten ist es, wenn ihr zwischen vier und sieben Jahre alt seid.

Die Chancen eines Erfolges entsprechen durchaus denen in amerikanischen Kliniken, denn ihr habt sehr, sehr gute Ärzte – vier sind es. Und fünf Schwestern. Die sind prima. Auch die Eltern sind es. Jedoch: Wie ihr untergebracht seid, wie ihr leben müßt, wie eure Eltern, die Ärzte und Schwestern leben müssen, was ihr zu essen bekommt, das ist einer der größten Skandale, die ich kenne – und ich kenne einen Haufen. Was mit euch geschieht, ist ein grauenvoller, nicht zu fassender, den Atem verschlagender Skandal.

Es gibt, um nur ein kleines bißchen dieses Skandals aufzuzeigen, in der ganzen Kinderkrebsklinik ein einziges Klosett. In diesem einzigen Klosett befindet sich auch die gesamte Schmutzwäsche – und ein Laboratorium! Jawohl, so ist es, ich habe es gesehen. Ich habe auch ein Zimmer gesehen, das keimfrei sein sollte. Das Zimmer hatte eine ganz gewöhnliche Tür, oben befand sich ein Fenster. Darunter war ein Schild mit dieser Aufschrift befestigt: MUNDSCHUTZ- UND KITTELPFLEGE! Einige Kittel hingen neben der Tür auf dem Flur. Ich habe in diesem Zimmer ein schwerkrankes Kind und seine Mutter gesehen. Viele Mütter wachen und schlafen bei ihren Kindern. Von wegen „keimfrei"! Jeder tritt natürlich direkt vom Gang in das Zimmer, denn es gibt keine Schleuse. Am Morgen kommt die Putzfrau und macht mit einem dreckigen Fetzen und irgendeiner Lysol-Lauge in diesem Zimmer „sauber". Die Tafel mit der Inschrift ist ein böser Hohn. Das Zimmer hat eine Größe von sieben Komma drei Quadratmetern. Zum Vergleich: Im neuen Düsseldorfer Innenministerium ist das Zimmer eines einfachen Beamten achtzehn, das eines höheren Beamten vierundzwanzig und das eines Gruppenleiters vierunddreißig Quadratmeter groß!

Eure armen Eltern haben einen mächtigen Politiker gebeten, zu euch in die Kinderkrebsklinik zu kommen, um sich selbst ein Bild von dem Skandal zu machen. Der mächtige Politiker ist *nicht* gekommen. Ich habe den Brief gelesen, den er am 9. Juni 1980 an eure Eltern schrieb. Er habe deren Sorgen und Nöte nicht vergessen, schrieb der Herr, und dann wörtlich: „... Ich habe es vielmehr für richtiger gehalten, mich persönlich darum zu kümmern, daß die Unterbringung krebskranker Kinder und ihrer Eltern relativ rasch verbessert werden kann." Relativ rasch!

Daß etwas verbessert wurde, haben weder die Kinder noch die Eltern, noch die Ärzte, noch die Schwestern bemerkt. Alle Ärzte arbeiten nach wie vor in einem einzigen Zimmer, das so groß – besser gesagt: so klein – ist wie ein Badezimmer. Hier sitzen sie am Mikroskop, schreiben Berichte, telefonieren. Einen großen Dreck haben alle von einer Besserung bemerkt!

Nach der Bauplanung des Ministeriums soll eine neue Kinderklinik überhaupt erst 1995 bezugsfertig sein. Neunzehnhundertfünfundneunzig! In fünfzehn Jahren also. Fünfzehn weitere Jahre sollen, wenn die Behörde siegt, Kinder, Betreuer und Eltern in menschenunwürdigen Verhältnissen leben. Fünfzehn Jahre sollen dreckige Stellen an Türen und Mauern, Löcher und besonders verschmierte Teile an Mauern mit Kinderzeichnungen überklebt werden, sollen Mütter und Kinder sich im Sommer halbtot schwitzen, weil sich, ungünstig angelegt, unter dem ebenerdigen Boden eine Heizung befindet, die das Thermometer, wenn es ohnehin schon fünfunddreißig Grad zeigt, in wahrhaft irrsinnige Höhen treibt. Sollt ihr Kinder Kartoffeln in jeglicher Form (warm, kalt, als Püree, gesalzen, ungesalzen), Kohl und Kraut jeglicher Art oder Brot mit Meerrettichsauce als Nahrung angeboten bekommen. (Den Eltern ist es ausdrücklich verboten, gute Lebensmittel mitzubringen!)

Fünfzehn Jahre noch sollen frisch operierte Kinder aus der Chirurgie am gleichen Tag wieder in diese Hölle zurückgeschickt werden. Fünfzehn Jahre noch sollen Kinder aus dem Raum Düsseldorf weiter hier hausen müssen, weil die nächste ähnliche Klinik in Münster liegt. (Und auch nicht besser sein soll.) Bis 1995 muß der Skandal weitergehen.

Muß das wirklich so sein?

Vor einiger Zeit war Frau Dr. Mildred Scheel in dieser Stätte des Elends zu Besuch. Sie zeigte sich erschüttert und stellte sofort eine Viertelmillion DM aus dem Fonds der von ihr betreuten Krebshilfe zur Verfügung. Für Umbauarbeiten und für moderne Apparate. Dafür stehen sogar weitere zweihunderttausend DM bereit. Tja, aber das ganze Geld liegt auf Eis! Denn erst dann, wenn mit dem Umbau begonnen wird, dürfen Rechnungen mit dem bereitliegenden Geld bezahlt werden. Vorher nicht. Und mit dem Umbau kann eben nicht begonnen werden, leider, leider. Die Behörden schieben alle Schuld auf die Verwaltung der Universität, diese auf die Abteilung für Kardiologie, deren Leiter ihr Haus nicht verlassen und euch Kindern Platz machen wollen, und die Kardiologie wiederum schiebt alles auf die Behörden. Und folgt ihr mir im Rösselsprung, werdet ihr verrückt, meine Lieben. Übrigens: Die Baubewilligung für den neuen Landtag, der zweihundertfünfzig Millionen DM kosten soll und den eigentlich niemand haben will (außer den Abgeordneten, die sich darin recht behaglich fühlen wollen und sollen), ist natürlich sofort erteilt worden.

Sieben Belegräume hat die Kinderkrebsklinik, dazu wenige Nebenräume. Der schönste Raum ist das Spielzimmer. Da fühlt ihr euch am wohlsten, ihr, glatzköpfig, halbgelähmt, am Tropf hängend …

Neue Räume, die freigemacht wurden, sind unbenützbar bis zum Generalumbau. Und den gibt es nicht, weil – siehe oben. Dafür kostet die Behandlung eines Kindes in diesem Stall pro Tag DM 227,50; zweihundertsiebenundzwanzig Mark und fünfzig Pfennige! Die Krankenkasse zahlt alles zurück. Schön und groß leuchten im Park die Neubauten der Universität. Viel zu alt stehen die Kliniken da, lächerlich klein, zum Weinen klein. So viele Bomben fielen auf

Düsseldorf, so vieles wurde zerstört, die Kliniken, die heute zur Universität gehören, blieben erhalten, leider.

Eure Eltern, liebe, arme Kinder, sind ruhige Menschen mit einer Geduld, die unfaßbar ist. Sie versuchen, sich selbst zu helfen mit einer „Eltern-Initiative", sie veranstalten Basare, sie hoffen und beten, daß alles anders wird. Aber eines Tages – und das bald, denn es eilt! – muß das Hoffen und das Beten aufhören, und, verflucht noch einmal, in der schönen Stadt Düsseldorf, in der so viele reiche Leute und so viele kluge und geistreiche Politiker leben, muß etwas geschehen, muß, muß, muß!

Business as usual
Ein Brief an Salman Rushdie

Eine Reihe von Schriftstellern verfaßte 1991 Briefe an den verfolgten Salman Rushdie. Mein Brief erschien zuerst in der taz *vom 29. Januar 1992 und danach – wie alle anderen – in zahlreichen ausländischen Zeitschriften.*

Sehr verehrter, lieber Mr. Salman Rushdie!
Dieser Brief ist ein Versuch, Sie ein wenig zu trösten, indem ich Ihnen den wahren Grund für Ihre furchtbare Lage klarmache. Der wahre Grund lautet: Sie haben sich mit Ihrem Buch eingemischt in das Spiel der Urgewalten der Natur.

Das hat ein Freund, amerikanischer Wirtschaftsforscher, gesagt, mit dem ich mich vor ein paar Tagen unterhielt.

Sie, Mr. Rushdie, sagte mein amerikanischer Freund, sind ein großer Dichter, ein idealistischer Träumer, der noch in Begriffen wie Nationen, Staaten, Ideologien, Götter, der Freiheit von Furcht und Not, der Freiheit der Rede und des Glaubens, der Demokratie, der Gerechtigkeit und der Menschenrechte denkt. Es gibt aber, Mr. Rushdie, (sagte mein amerikanischer Freund) keine Nationen, Staaten und Ideologien mehr, es gibt keine Freiheit, keine Demokratie, keine Menschenrechte, es gibt keinen Osten, keinen Westen, keine Dritte Welt und auch keine Götter mehr.

Es gibt *Höheres!*

Nämlich nur noch ein einziges, riesiges, ungeheuer verflochtenes, sich gegenseitig beeinflussendes, multivariables und multinationales System von Konzernen wie IBM und

ITT und Union Carbide und MBB und Thyssen und Exxon. Und dieses System unterliegt den unwandelbaren Gesetzen der Wirtschaft. Die Welt, lieber, sehr verehrter Mr. Rushdie, ist ein Kaufhaus, die Welt, sehr verehrter, lieber Mr. Rushdie, ist ein Geschäft. Und Sie haben mit Ihrem Buch – für eine sehr kleine Weile natürlich nur – dieses Geschäft gestört.

Lassen Sie mich Ihnen das anhand des deutschen Geschäftszweiges, nicht des internationalen, erläutern – in Deutschland kenne ich mich besser aus.

Ihre Störung mußte schnellstens behoben werden, das ist klar. Bereits am 1. Juli des vergangenen Jahres meldete die Nachrichtenagentur AFP – ich erfinde nichts, ich zitiere ausnahmslos Fakten –, Bundesaußenminister Jürgen Möllemann weile zur Zeit in Teheran (woselbst Ayatollah Chomeini Sie mit dem Todesbann wegen Ihres Buches *Die satanische Verse* belegt hatte) zwecks Gesprächen über den Ausbau der deutsch-iranischen Wirtschaftsbeziehungen. Die Bundesrepublik, heißt es in der Meldung, ist der wichtigste Handelspartner des Iran, der wiederum der wichtigste deutsche Absatzmarkt im Nahen Osten ist. Herr Möllemann wurde von einer Gruppe deutscher Geschäftsleute und Industrieller begleitet, die fünfunddreißig deutsche Firmen vertraten. Ausfuhren in den Iran, so war aus diplomatischen Kreisen zu hören, konnten künftig in unbegrenzter Höhe durch Bonner Hermes-Bürgschaften gedeckt werden, die deutsche Regierung hatte die bisherige Höchstdeckungsgrenze von fünfhundert Millionen Dollar aufgehoben.

Die deutsche Regierung (im Verein mit vielen anderen Regierungen) tat wirklich alles, um Ihre Störung aus der Kaufhaus-Welt zu schaffen. Experten rechneten damit, daß das bilaterale Handelsvolumen von 4,6 Millionen Dollar im Jahr 1990 auf 6 Milliarden Dollar im Jahr 1991 steigen würde.

Angesichts dieser beglückenden Erhöhung erhöhten die Nachfolger des Ayatollah Chomeini auch den Kopfpreis für Ihr Leben auf 4,5 Milliarden Dollar, und, ebenfalls im Juli 1991, da in Teheran die Verhandlungen des Herrn Möllemann einen derart erfolgreichen Abschluß fanden, wurde in Mailand der italienische Übersetzer Ihrer angeblich blasphemischen *Verse* niedergestochen, und Ihr japanischer Übersetzer wurde in Tokio ermordet. Sie beginnen zu verstehen, Mr. Rushdie, daß die Welt ein Geschäft ist.

Und was für eines.

Schon im Februar 1991 (da lebten Sie bereits seit zwei Jahren, von der Polizei versteckt, im Untergrund) hatte Außenminister Genscher mit seinem iranischen Kollegen die Möglichkeiten eines Kulturaustausches erörtert, und sein Auswärtiges Amt hatte den Buchmesse-Chef, Herrn Peter Weidhaas, brieflich darauf hingewiesen, daß der seit dem Mordbefehl gegen Sie bestehende Boykott iranischer Verleger den aufblühenden Wirtschaftsbeziehungen nicht eben förderlich sei. In der Folge, lieber Mr. Rushdie, beschlossen Herr Weidhaas und die „Ausstellungs- und Messe-GmbH des Börsenvereins des Deutschen Buchhandels", den Boykott aufzuheben und acht iranische Verlage zur Buchmesse 91 einzuladen.

Und schon im April reiste eine Bonner Delegation mit Herrn Barthold C. Witte, dem Kulturchef im Auswärtigen Amt, nach Teheran. Auch Herr Weidhaas flog mit. Es wurde ein „Iranisches Kulturfestival" in Düsseldorf vereinbart, das von der Stadt Düsseldorf, dem Teheraner Ministerium für Islamische Führung und – hier fehlt doch noch etwas! – von der Thyssen Handelsmission – na also, da haben wir es ja schon! – veranstaltet wurde.

Das künstlerische Ereignis mit Darbietungen wie „Musik aus Täbris“ und „Klassik aus Teheran“ fand im September 1991 statt, die Buchmesse vom 9. bis 14. Oktober, also unmittelbar danach. Vor diesem zweiten künstlerischen Ereignis war Herr Weidhaas arg von der Presse gebeutelt worden für seinen Entschluß, acht iranische Verlage einzuladen. (*DIE ZEIT:* „Schande über eine Buchmesse, die den massiv von der Ermordung bedrohten Schriftsteller Rushdie auf diese Weise geradezu verrät.“ Die *FAZ:* „Der Wortbruch der Messe muß den von westlicher Schwäche zutiefst überzeugten Fundamentalisten neuen Auftrieb verleihen.“ Die *taz:* „business as usual.“)

Herr Weidhaas indessen: „Wir sehen keine Möglichkeit, die Entscheidung zu revidieren ... wir sind kein ...“ – kein Kaufhaus? Nicht doch! – „keine moralische Anstalt und keine Zensoren, sondern haben die Aufgabe, alle Länder der Welt auf diesem Buchmarkt zusammenzuführen.“

Herr Weidhaas, der den kleinen Hinweis des Auswärtigen Amtes so intensiv verinnerlicht hatte, sah dann doch noch eine Möglichkeit, zu revidieren – als nämlich große amerikanische und deutsche Verlage empört protestierten und mit Fernbleiben drohten. Da lud Herr Weidhaas – laut AP-Vorrangmeldung vom 26. September, dem nämlichen September, da in Düsseldorf das „Iranische Kulturfestival“ zelebriert wurde – die acht iranischen Verlage, die er eingeladen hatte, wieder aus, um, wie es in einer Erklärung hieß, „die Arbeitsfähigkeit der Buchmesse 91 sicherzustellen“.

Was lernen wir daraus wieder einmal, Mr. Rushdie?

Daraus lernen wir wieder einmal, daß es sich bei der Literatur und allen andern schönen Künsten nur um Feigenblätter handelt, hinter denen diese rauhe Welt ihre Geschäfte ein wenig verbergen kann. Es wäre, lieber Mr. Rushdie, nur menschlich, wenn Sie, der jederzeit damit rechnen muß, ermordet zu werden, nun sagten, Feigenblatt oder verfolgter Autor, das sei Ihnen absolut gleichgültig, was man mit Ihnen getan hat und tut, ist ein Verbrechen, und jemand müßte endlich etwas so Entscheidendes gegen dieses Verbrechen tun, daß Sie nach all der Zeit im Untergrund endlich wieder in Frieden und Sicherheit leben können.

Wohl wahr, Mr. Rushdie. Indessen dürfen Sie wirklich nicht immer nur an sich denken. Sehen Sie: Im August 1991 – nur ein Beispiel – liehen deutsche Banken – bis zum letzten Pfennig abgesichert mit Bonner Hermes-Bürgschaften (dpa-Meldung vom 13. August) – dem Iran eine halbe Milliarde D-Mark, mit welcher deutsche Lieferungen und Leistungen beim Wiederaufbau, bei der Modernisierung und Erweiterung von petrochemischen Projekten finanziert werden sollten. Was, lieber Mr. Rushdie, wenn der Iran die halbe Milliarde *Ihretwegen* nicht genommen hätte? Ach, und denken Sie erst an die so unerhört zahlreichen deutsch-iranischen Projekte im Rahmen des Teheraner Fünf-Jahres-Plans. Was liefern wir alles …

Natürlich haben wir unerhört strenge Exportbestimmungen – aber es verhält sich mit ihnen so wie mit der Weißen Königin in *Alice im Wunderland:* Die schreit zunächst laut auf, und dann erst sticht sie sich. Zunächst liefern unsere heroischen Unternehmer Giftgas und Giftgasfabriken nach Libyen, in den Irak und an viele andere Interessenten, und dann erst droht Bonn mit *noch* strengeren Exportbestimmungen. Deutsche Firmen haben Tornado-Jagdbomber an Israels Nachbarn Jordanien geliefert, Atomanlagen oder die wichtigsten Teile davon in den Irak, nach Indien, Pakistan und so weiter, Grundelemente der „scud"-Raketen gleichfalls in den Irak, von wo aus sie sodann im Golfkrieg auf Israel abgefeuert wurden, und Waffen einfach überallhin, wo man Waffen verlangt, und man verlangt sie einfach überall.

Warum das alles, Mr. Rushdie, warum? Aus schnöder Gewinnsucht? Niemals! Das alles geschieht allein aus sozialen Gründen! Damit keine *Arbeitsplätze* verlorengehen! Lieber Mr. Rushdie, seien Sie des Mitgefühls aller Wirtschaftsführer im Westen versichert, aber bitte, bedenken Sie auch dies: Mit Ihnen ginge – schlimmstenfalls – *Ihr* Arbeitsplatz verloren. Wenn wir – und die Amerikaner und die Franzosen und so viele andere – Ihretwegen mit dem Iran keine Geschäfte machten – wie viele Arbeitsplätze gingen *dann* verloren? Hunderttausende, Mr. Rushdie, viele Hunderttausende! Das sehen Sie doch ein, nicht wahr? Gemeinnutz geht vor Eigennutz, ein deutsches Sprichwort. Und also wäre der Kreis geschlossen.

Sie haben sich mit Ihrem Buch eingemischt in die Urgewalten der Natur, sagte mein amerikanischer Freund. Ein Buch über die Welt als Geschäft hätten Sie schreiben sollen! Nichts, überhaupt nichts wäre Ihnen geschehen! Sie sehen ja, die Herren verrichten ihre Arbeit verantwortungsvoll, stolz, öffentlich und aufrechten Ganges. Dieses Buch, Mr. Rushdie, dieses Buch – und alles wäre gut gewesen.

Herzlichst Ihr
Johannes Mario Simmel

P. S. Ich habe gerade gelesen, was ich schrieb, und mir ist ganz elend. Das stimmt ja nicht, was ich zuletzt behaupte! Ein Buch über die Welt als Kaufhaus hätte Ihnen doch sofort und von denselben Leuten den Vorwurf der *politischen* Blasphemie beschert, und das gleiche Schicksal wäre Ihnen beschieden gewesen. Verzeihen Sie, Mr. Rushdie, bitte, verzeihen Sie mir! Ich wollte Sie trösten. Jetzt sehe ich, wie ganz und gar falsch ich das angefangen habe. Weshalb nur? Ob es daran liegt, daß es keinen Trost gibt?

Writers in Prison
Eine Geschichte für Angelika Mechtel

Diese wahre Geschichte wurde geschrieben für Angelika Mechtel, Writers in Prison-*Beauftragte von 1984 bis 1989.*

Am Vormittag des 15. Oktober 1989 war die Schriftstellerin Barbara B. in der Frankfurter Paulskirche zugegen, als der Schauspieler Maximilian Schell die Dankesrede des Schriftstellers Vaclav Havel las, den der Deutsche Buchhandel mit der Verleihung des Friedenspreises geehrt hatte. Ein Antrag auf Ausreisegenehmigung Havels war von den Prager Behörden abschlägig beschieden worden.

Aus Schells Mund hörte Barbara B. auch diese Sätze des tschechischen Autors: „Ja, ich lebe in einem Land, das vor einundzwanzig Jahren erschüttert wurde von einem Text meines Freundes Ludvík Vaculík, der – als ob er meine Ausführungen über die Macht des Wortes bestätigen wollte – ‚Zweitausend Worte' hieß; dieser Text wurde unter anderem als einer der Gründe genannt für den nächtlichen Überfall unseres Landes durch fünf ausländische Armeen. Und es ist überhaupt kein Zufall, daß in dem Augenblick, in dem ich dieses hier schreibe, das hiesige Regime erschüttert wird von einer Seite Text – wiederum wie eine Illustration dessen, was ich sage – unter der Überschrift ‚Einige Sätze'. Ja, ich lebe wirklich in einem System, wo das Wort alle Machtapparate erschüttern kann, wo das wahrhafte Wort Solschenizyns als etwas so Gefährliches empfunden wurde, daß es notwendig war, seinen Autor mit Gewalt in ein Flugzeug zu setzen und auszufliegen. Ja, ich lebe dort, wo das Wort ‚Solidarität' imstande war, einen ganzen Machtblock zu erschüttern."

Als die Schriftstellerin Barbara B. im Jahr 1989 diese Worte hörte, dachte sie an das Jahr 1972 zurück.

Im Jahr 1972 wurde der Dichter Enrique Ferrer von den Behörden seines Landes, das in Südamerika lag und eine Militärregierung hatte, ins Gefängnis geworfen. Dies ist eine wahre Geschichte. Dennoch mußten der Name des Dichters, die geographische Lage und die Verfassung des Landes, ja selbst Jahreszahlen geändert werden, um jenen Mann, der nicht Enrique Ferrer heißt, zu schützen.

1972 arbeitete Barbara B. – sie könnte, wie man gleich verstehen wird, ebenso Ingeborg D. heißen oder manch anderen Namen tragen – bereits seit einem Jahr im P.E.N.-Zentrum ihres Landes für *Writers in Prison.* Den Entschluß, diese Position anzutreten, die ihr einen großen Teil ihrer Zeit nahm, so daß sie nur mit enormer Disziplin und ebensolchem Einsatz ihrer Kräfte in der Lage war, daneben ihre schriftstellerische Arbeit weiterzuverfolgen, hatte Barbara B. beim nochmaligen Lesen jener Rede von Albert Camus gefaßt, die er 1957 anläßlich der Verleihung des Nobelpreises in Stockholm hielt.

Camus sagte damals: „Wir müssen uns bewußtmachen, daß wir dem gewöhnlichen Maß an Leiden nicht entfliehen können und daß unsere einzige Rechtfertigung, wenn es denn überhaupt eine gibt, ist, insoweit wir können für diejenigen zu sprechen, die nicht sprechen können."

Viele nationale P.E.N.-Zentren halten eine *Writers in Prison*-Stelle besetzt. Ihrer aller Bemühungen koordiniert der Internationale P.E.N. in London. Die für *Writers in Prison* Verantwortlichen bemühen sich, alle gemeinsam und jeder besonders, jenen Autoren und Journalisten zu helfen, die in sehr vielen Ländern bedroht, schikaniert, verbannt, inhaftiert, gefoltert und in manchen Fällen ermordet werden – zu helfen durch jede nur denkbare geeignete Maßnahme, insbesondere durch stets besonders höflich gehaltene Petitionen an die Machthaber in jenen Ländern – besonders höflich, auf daß kein menschenverachtender Herrscher Grund hat, in seiner Ehre gekränkt zu sein und darum erst recht ungerecht zu reagieren.

Die *Writers in Prison*-Betreuer bitten um Begnadigung Eingekerkerter ebenso wie um sehr viele verschiedene kleine, für die Inhaftierten indessen riesengroße Vergünstigungen wie etwa die Erlaubnis, zu schreiben oder nächste Verwandte empfangen zu dürfen. Der P.E.N. arbeitet hier mit anderen Organisationen zusammen, so mit amnesty international, nach deren jüngstem Bericht noch immer in einem Drittel aller Länder dieser Erde gefoltert wird und es in neunundneunzig Ländern dieser Erde immer noch die Todesstrafe gibt.

Neben dauernden Bittschriften an so viele Mächtige in so vielen Ländern fand Barbara B. es notwendig, einer Reihe von Schriftstellern im Gefängnis regelmäßig Briefe zu schreiben, um ihnen derart beizustehen. Nur ein Teil ihrer Briefe erreichte die Empfänger, das war Barbara B. bekannt, und so schrieb sie auch immer weiter an all jene, die niemals antworteten, denn unbekannt war ihr natürlich, wer ihre Briefe wirklich bekam, aber indessen Schreibverbot hatte.

Jeder Brief der Barbara B. wurde im Sekretariat ihres P.E.N.-Zentrums in jene Sprache übersetzt, die der Empfänger beherrschte. Für den in Südamerika verurteilten Dichter Enrique Ferrer mußte eine spanische Fassung hergestellt werden. Man brauchte stets zahlreiche Dolmetscher und natürlich einige finanzielle Mittel. Alle *Writers in Prison*-Sektionen des P.E.N. arbeiten unter beständiger Geldnot und sind auf Zuwendungen angewiesen.

Zwischen 1972 und 1978 schrieb Barbara B. dem Enrique Ferrer insgesamt zweiunddreißig Briefe. Enrique Ferrer erhielt von der Gefängnisbehörde nicht einen einzigen, und so erhielt Barbara B. auch nicht eine einzige Antwort. Sie wußte, daß Ferrer keine Angehörigen besaß, sie kannte seine Lebensgeschichte genau. Enrique Ferrer ahnte nicht einmal etwas von der Existenz der Barbara B.

In den Jahren 1972 bis 1978 wurde Ferrer jeder Folter unterzogen, die vorstellbar ist – sowie Foltern, die nicht vorstellbar sind. Zwei Jahre verbrachte er in Einzelhaft, eines davon in einer Dunkelzelle. Er wurde sehr krank. Im Gefängniskrankenhaus sorgten die Ärzte gerade so weit für ihn, daß er nicht starb und weiter gefoltert werden konnte. Die Folterer wollten von Enrique Ferrer Auskunft über eine Verschwörung gegen das Land mit der Militärregierung. So große Mühe sie sich beim Foltern gaben, Ferrer sagte ihnen nicht, was sie zu wissen begehrten. Das lag daran, daß Enrique Ferrer nichts über eine Verschwörung gegen das Land mit der Militärregierung wußte.

Barbara B. befürchtete – Erfahrungen ihrer Arbeit nach –, daß man Ferrer zu Tode foltern würde. Sie schrieb immer wieder an Seine Exzellenz den Herrn Ministerpräsidenten und Generalissimus jenes Landes, an den Herrn Justizminister und an viele andere, unterließ es selbstverständlich, von Folter zu sprechen, da zu jener Zeit keine absoluten Beweise für eine solche vorlagen, und bat nur, Enrique Ferrer freizulassen, weil er unschuldig war. Darauf erhielt sie ein einziges Mal eine kurze Antwort des Inhalts, Enrique Ferrer sei sehr wohl schuldig, und Barbara B. schade, wenn sie fortfuhr, das Gegenteil zu behaupten, damit nur dem Inhaftierten. Also fuhr Barbara B. nicht damit fort. Doch immer wieder bat sie um Auskunft über den Gesundheitszustand Ferrers und eine Erklärung dafür, daß er ihre Briefe nicht beantwortete. Bekam er sie auch wirklich?

Er bekam sie selbstverständlich, wurde Barbara B. erwidert, und wenn er dennoch nie antwortete, dann hatte das Gründe, die den Behörden unbekannt waren. Des weiteren erfreute sich Enrique Ferrer guter Gesundheit, teilte man ihr mit und forderte sie dringend auf, der bösartigen Hetze gegen das Land mit der Militärregierung keinen Glauben zu schenken.

Diese Art von Antwort war Barbara B. gewohnt. Sie wußte, daß Regierungen, welche Menschenrechte mißachten, alles daransetzen, einen Nachweis ihrer Praktiken zu verhindern, wie sie denn auch jede kritische Äußerung über ihre Politik zu unterbinden bemüht sind. Sie vertrauen der Unwissenheit und Gleichgültigkeit sowohl ihrer Bürger als der Welt im allgemeinen. Gerade darum fuhr Barbara B. unbeirrt fort, ihre Arbeit für *Writers in Prison* zu tun, denn sie wußte desgleichen, daß Diktaturen und Terror-Regime außerordentlich um ihr internationales Ansehen besorgt und beunruhigt über jeden Zweifel an ihrer Redlichkeit sind. Die südafrikanische Regierung beispielsweise, und das ist eine Tatsache, kaufte durch Strohmänner im In- und Ausland mehrere Zeitungen auf, bestach Politiker und verleumdete amnesty international in einem Buch, das unter dem Titel *Amnesty For Terrorism* erschien. Je weiter diese zynische Handlungsweise um sich griff, um so wichtiger, aber auch gefährlicher wurde die Arbeit von Schriftstellern und Journalisten, und es kommt nicht von ungefähr, daß es unter den politischen Gefangenen, für die amnesty sich einsetzt, so viele Autoren, Journalisten und Künstler gibt.

Ja, Barbara B. setzte ihre Bemühungen fort, weiter und weiter und heftiger und heftiger, doch sie war sehr oft mutlos, traurig, ja verzweifelt, denn trotz jahrelanger Kämpfe um Leben und Freiheit des Enrique Ferrer gelang es ihr nicht, auch nur das Geringste für ihn zu erreichen.

Dann, 1978, kam der Tag, an dem es amnesty international und dem Internationalen P.E.N. gelang, eindeutige Beweise dafür zu finden, daß und wie Enrique Ferrer behandelt und gefoltert worden war. Nun wandten sich amnesty international und alle Vertreter aller Sektionen von *Writers in Prison*, also auch Barbara B., mit diesen nachweisbaren Beschuldigungen an die Massenmedien. Zeitungen, Radio und Fernsehen berichteten.

Wie meist in solchen Fällen stellte sich endlich Erfolg ein. Die Militärregierung verlegte Enrique Ferrer schnellstens in ein privates Krankenhaus, und Ärzte dort taten ihr Bestes, um den Siechenden wenigstens so weit zu bringen, daß man ihn Reportern und Kameras präsentieren konnte anläßlich einer Pressekonferenz, in welcher der Regierungssprecher bekanntgab, daß dieser Mann, trotz seiner schweren Schuld aus Gründen der Menschlichkeit nach sechs Jahren Haft zur Freiheit entlassen wurde.

Freunde brachten Ferrer in das Sanatorium eines anderen Landes, und dort erhielt ein Journalist, der Ferrer von früher kannte, die Erlaubnis, ihn zu besuchen.

Der Dichter sagte dem Journalisten: „Sie haben alles in mir getötet, nur nicht mein Gedächtnis."

„Das heißt?" fragte der Journalist.

„Das heißt", sagte Enrique Ferrer, „daß ich immer weitergeschrieben habe."

Der Journalist sah ihn verständnislos an.

„Vierhundert Gedichte und mehr als dreihundert Sonette", sagte Ferrer.

„Aber Sie hatten doch Schreibverbot", sagte der Journalist. „Sie hatten niemals Papier und Bleistift, Sie saßen in Dunkelhaft, Sie sind fast blind."

„Und trotzdem habe ich geschrieben", sagte Ferrer. „Und kann nun alles diktieren, jedes Wort. Denn alles, alles habe ich in meinem Kopf."

Später, als das Werk Enrique Ferrers veröffentlicht und begeistert aufgenommen worden war, schrieb ein Kritiker, dies sei ein alle Menschen ermutigender Beweis dafür, daß man das Wort verbieten, aber den Geist nicht töten kann, und weiter: „Enrique Ferrer hat eine gigantische kreative Anstrengung unternommen in einer Welt des Elends und des Horrors."

Zuvor, am Krankenbett des Dichters, fragte jener Journalist noch: „Aber wie war das möglich? Woher schöpften Sie die Kraft?"

Ferrer antwortete: „Ich habe mir etwas so fest eingeredet, daß ich es zuletzt wirklich glaubte."

„Was war das?" fragte der Journalist.

„Ich weiß", sagte Ferrer, „daß es im P.E.N. viele Menschen gibt, die für *Writers in Prison* arbeiten. Und so habe ich mir eingeredet, einer dieser Menschen würde mir regelmäßig Briefe der Ermutigung schreiben – und die Gefängnisleitung hielte diese Briefe einfach zurück. Ich meine: So hätte es doch auch wirklich sein können, nicht wahr?"

Uns alle trägt der Strom des Lebens

Zum „Jahr der Behinderten" im Januar 1981 auf Ersuchen der Bundesanstalt für Arbeit, Nürnberg, geschrieben

Man darf in der Tat fragen, ob ein Genie wie Albert Einstein mit seiner Relativitätstheorie, die uns im Endeffekt die Kernkraft beschert hat, für den Fortschritt zum Guten hin segensreich gewesen ist. Könnte es nicht sein, daß ein hirngeschädigtes Kind, das bei *ein paar* Menschen zutiefst menschliche Gefühle erweckt, in seiner Existenz ebenso wichtig erscheint wie der größte Entdecker und Erfinder?

Eines steht fest: Es ist ein unerträglicher, ja verbrecherischer Hochmut, wenn ein Mensch über das Leben eines anderen Menschen sagt, es sei sinnvoll oder es sei sinnlos. Niemals können wir verwirrten, ohnmächtigen Wesen, die wir auf dieser Erde umherkriechen, das entscheiden. Und niemals werden wir wissen, welche Bedeutung ein menschliches Leben haben kann, welch unerhörte Bedeutung sogar – oder gerade! – in seiner tiefsten Erbärmlichkeit.

1981 ist zum „Jahr der Behinderten" erklärt worden.

Seit langem leben wir in der Überzeugung, vor einer großen Zeitenwende zu stehen. Gewiß wird unsere Welt im Jahr 2000 – wenn sie dann noch existiert – vollkommen anders aussehen als heute. Seit dem Beginn dieses Jahrhunderts empfinden immer mehr Menschen: Die Gesetze unseres Zusammenlebens müssen verändert werden. *Versuche,* dies zu tun, gibt es viele. Aber können wir sagen, daß ein einziger auch nur die *Hoffnung* auf ein Gelingen erkennen läßt?

Der Mensch, im Bewußtsein seiner Unfähigkeit, müht sich verzweifelt immer weiter, neue Ordnungen zu schaffen – mit Gewalt, mit dem Einsatz seines Lebens, mit dem Einsatz des Lebens anderer. Er erhebt seine Stimme und sein Gewehr und demonstriert sehr laut für das, was er zu wollen glaubt.

Aber neben diesen so lauten, so aktivistischen Menschen gibt es stille, ja stumme Fragesteller – die geistig oder körperlich behinderten Kinder und Erwachsenen. Auf indirekte, stille und stumme Weise stellen sie diese Frage: Wie steht ihr zu uns in eurer so tüchtigen Welt, in euren verschiedenen Gesellschaftsordnungen, die ihr geschaffen habt oder abschaffen wollt, um Freiheit und Brüderlichkeit zu erreichen, Frieden, Wohlstand, Sicherheit und das Glück für alle? An so vieles denkt ihr. Wie denkt ihr über uns, die Behinderten dieser Erde?

Ja, wie?

Wir dürfen uns nichts vormachen. Mit wohlgemeinten Sonntagsgedanken ist nichts getan. 1980, im „Jahr des Kindes", sind in unserer Welt zwölf Millionen Kinder verhungert.

Machen wir uns also nichts vor. Das ist die grausame Wahrheit: In einem Punkt sind die Massen – die Massen, nicht der einzelne! – sich allüberall einig. Sie fühlen es, und sie sagen es: Ist ein Mensch nicht hundertprozentig *nützlich*, dann ist er kein vollwertiges Mitglied der Gesellschaft – *keiner* Gesellschaft. Wir Deutschen haben erlebt, wohin eine solche Einstellung unter einem verbrecherischen Regime geradenwegs führte: zur „Aktion T 4", zur Ermordung von weit über hunderttausend geistig Behinderten – wobei die akademischen Mörder in Weiß sich weder um die Schwere der Erkrankung noch um die Chancen der Heilung gekümmert haben. Aus diesem Grunde empfinden wir

Scham. Aus diesem Grunde wagt sich das Massengefühl bei uns nicht so ungeniert zu artikulieren wie anderswo. Noch nicht.

Nun leben wir im Zeitalter der einsamen Massen, der einsamen Vermassten. Und in dieser Welt der Vermassten – nicht in der Welt einzelner! – ist ein geistig oder körperlich Behinderter eben immer ein Mensch zweiter Ordnung, wenn man ihn überhaupt als Mitmenschen toleriert und nicht nur mit unechtem Mit-Gefühl fasziniert anstarrt wie ein riesengroßes Insekt oder ihm ratlos-abgestoßen den Rücken wendet und tut, als habe man ihn erst gar nicht bemerkt. Wir dürfen uns nichts vormachen. Machen wir uns nichts vor. Behinderte – das sind jene, welche die stumpfe Masse am liebsten übersehen möchte und übersieht. Sie sieht einfach weg und hört einfach weg, wenn von ihnen die Rede ist.

„Gesundes Volksempfinden" – so nannten die Nazi-Verbrecher, die Millionen über Millionen in Unglück, Tod und Verderben stießen, zynisch das Alibi für ihre „Aktion T 4", die erst abgebrochen wurde, nachdem Berichte über das Entsetzliche die Soldaten an den Fronten erreicht und größte Unruhe ausgelöst hatten. Denn neben Hekatomben von Toten ließ der Krieg eine ungeheuer große Armee von „Behinderten" entstehen. Auch von diesen Behinderten leben heute, sechsunddreißig Jahre nach dem Ende des Massenmordens, noch Ungezählte unter uns, und neue Armeen solcher Behinderter sind aus dem Koreakrieg, dem Vietnamkrieg, den Nahostkriegen und so vielen anderen „kleinen" Kriegen seit 1945 hervorgegangen.

Und weiter und weiter besteht jenes fatale „Massengefühl" der Ablehnung. Warum? Wissenschaftler sagen uns, daß es nur natürlich sei, wenn der sogenannte Gesunde den Kranken oder Behinderten rein instinktiv ablehnt.

Falls das stimmt, ist es wahrlich eine paradoxe Reaktion, denn vieles, so vieles haben die Gesunden – die sogenannten Gesunden! – und die Behinderten gemeinsam: Auch die Behinderten hungern nach Lebensfreude – wie die Gesunden. Auch die Behinderten möchten nicht nur Liebe empfangen, sondern Liebe geben. Auch die Behinderten möchten – wie die Gesunden – etwas *leisten.* Und in der weit überwiegenden Zahl der Fälle sind sie dazu sehr wohl in der Lage!

Die Verantwortlichen – auf den Arbeitsämtern zum Beispiel – wissen das und sind unablässig bemüht, Behinderte mit den verschiedensten Berufen in den normalen Arbeitsprozeß einzufügen. Vieles geschieht. Doch noch lange geschieht nicht genug oder nicht auf die richtige Weise. Denn wenn die Behinderten etwas *nicht* wollen, dann ist das Rührseligkeit, dann ist das Sentimentalität, dann ist das gönnerhafte Unterstützung – all das, womit wir unser schlechtes Gewissen beruhigen.

Indessen: Jeder von uns kann plötzlich, von einem Tag zum andern, ein Behinderter sein! Beim Neugeborenen genügt ein falsches Medikament, das die Mutter während der Schwangerschaft genommen hat, ein kleiner Zwischenfall bei der Geburt, ein zu langer Sauerstoffmangel im Gehirn. Ein unglücklicher Sturz, ein Fall, eine Infektion genügen beim Kind. Ein Zusammenstoß als Fahrer des eigenen Autos mit einem fremden, eine seelische Erschütterung, Streß, Krankheit genügen beim Erwachsenen. Jeder von uns kann jederzeit geistig oder körperlich behindert werden. Niemand ist davor geschützt.

Darum geht das „Jahr der Behinderten“, deshalb gehen die Probleme der Behinderten uns alle an, wo wir auch sind, wer wir auch sind, darum betreffen diese Probleme uns alle, *müssen* uns alle betreffen. Denn *niemand ist eine*

Insel, ganz für sich allein. Jeder von uns ist ein Teil der Menschheit, mit ihr verbunden und in ihr Schicksal verstrickt wie ein Faden in dem gewaltigen Schicksalsteppich dieses unseres Lebens, dieser unserer Zeit, dieser unserer Welt.

In dieser unserer Welt, in der Platz ist für Gerechte und Ungerechte, Falschspieler und Bankiers, Buddhisten, Juden und Christen, Arme und Reiche, Kapitalisten und Kommunisten, Politiker und Menschen, welche die Wahrheit sagen, Süchtige und Heilige, Yogis und Kommissare, Sanftmütige und Mörder, Huren und Generäle, Verfolger und Verfolgte, Satte und Hungernde, Prediger und Säufer, in einer solchen einen und einzigen Welt – wir haben keine andere! –, da muß auch Platz sein für die Behinderten, und wenn der Grad ihrer Behinderung noch so groß ist.

Nur der *normale* Umgang mit Behinderten kann jenen schlimmen Masseninstinkt bannen, kann jene arge Massenhaltung korrigieren und in ihr Gegenteil verkehren. Erst das Kennenlernen führt zum Verstehen, das Nichtkennen erzeugt Ungerechtigkeit und Anmaßung: Hier müssen wir noch sehr viel lernen, müssen sehr vieles anders werden lassen, bevor unsere Gemeinschaft das Prädikat „menschlich" verdient. Vor Jahren schon hat ein Arzt des Max-Planck-Instituts für Psychiatrie in München mir dies gesagt: „Wir sind heute in der Lage, geistig behinderte Kinder – abgesehen von besonders schweren Fällen – durch eine gezielte Behandlung über lange Zeiträume hinweg so weit zu bringen, daß sie im Rahmen von sogenannten ‚Beschützenden Werkstätten' einfache Arbeiten verrichten und selbst für ihren Lebensunterhalt sorgen können. Damit fällt die entsetzliche Angst der Eltern fort: Was wird aus unserem Kind, wenn wir einmal nicht mehr da sind? Medizinisch bekommen wir die Behinderungen besser und besser in den Griff. Was wir nun bräuchten, das wäre ein Public-Relations-Team, das imstande ist, die Gesunden zu einem völligen Umdenken im Hinblick auf die Behinderten zu bringen.“

Jeder von uns hätte die Verpflichtung, Mitglied dieses so sehr nötigen weltweiten Teams zu werden. Viele werden es trotz allem nicht zustande bringen. Dann wird es die Aufgabe anderer sein, sie das „Umdenken“ zu lehren.

Was für behinderte Kinder gilt, das gilt, medizinisch gesprochen, ebenso für behinderte Erwachsene. Auch hier sind die Ärzte heute imstande, Ungeheures zu leisten. In vielen katastrophalen Fällen indessen bleibt ihre Kunst wohl immer vergebens – und ein Schwerstbehinderter bleibt ein Schwerstbehinderter, körperlich oder geistig oder beides.

Doch diese Schwerstbehinderten, Kinder und Erwachsene, sie atmen, sie leben weiter, sie leben unter uns, es werden immer mehr, und wir müssen lernen, mit ihnen zu leben, damit *sie* ihre menschliche Würde behalten und damit *wir* uns Menschen nennen dürfen. Wir, die – durch puren Zufall, pures Glück – Gesunden, müssen einsehen, daß nicht nur die Ellbogenmenschen, die Tüchtigsten, die Gütigsten, die scheinbar Erfolgreichsten unsere Brüder sind, sondern ganz genauso die Unfähigen, die Schwachen, die Stummen. Sie alle gehören zu unserer Menschenwelt, in der keiner glauben darf, noch der letzte und ärmste Behinderte gehe ihn nichts an, denn auch er bleibt immer sein Menschenbruder.

Die Zeit wird kommen, in der man den Grad der Kultur einer Gesellschaft daran ablesen kann, ob und in welchem Maße sie die Behinderten – die fast voll leistungsfähigen, weit mehr aber noch die absolut leistungsunfähigen – anerkennt.

So haben die Behinderten für uns alle eine eminent große Bedeutung – weil wir durch unser Verhalten ihnen gegenüber beweisen können, worauf es am meisten ankommt: daß wir *miteinander und füreinander leben* wollen und daß der Strom des Lebens uns alle trägt.

Tod den Verfolgten – Gott segne die Massenmörder

Geschrieben anläßlich des Jahresberichts 1986 der Gefangenenhilfsorganisation amnesty international

Von den drei Dingen, auf denen die Welt beruht, nennt ein altes Buch als erstes: die Gerechtigkeit.

Ein Afghane, der aus politischen Gründen verfolgt wurde und mit Verhaftung und Tod rechnen mußte, riskierte die Flucht nach Europa. Dabei fuhr er einen Tag durch Pakistan. In der Bundesrepublik Deutschland wurde ihm politisches Asyl verweigert. Begründung: Er wäre in Pakistan nicht mehr der politischen Verfolgung ausgesetzt gewesen und hätte ohne Furcht für Leib und Leben dortbleiben können.

Ebenfalls von den bundesdeutschen Behörden als politischer Flüchtling nicht anerkannt wurde ein Journalist aus Ghana, der via Nigeria floh. Begründung: dieselbe.

Mit anderen Worten: Jeder Verfolgte, der in dem Land, in dem er um Leib und Leben fürchten muß, nicht ein Flugzeug besteigt, das auf direktem Linienflug die BRD ansteuert, hat bei uns nur in Ausnahmefällen eine Chance, als Flüchtling anerkannt zu werden und Asyl zu erhalten, und zwar auf Grund der sogenannten „Drittland"-Klausel. Dies ist einer der beiden juristischen Haupt-Tricks, mit denen es der Bundesregierung gelang, die Quote der positiv beschiedenen Asylbewerber von 40 Prozent auf 15 Prozent herunterzudrücken. Zum zweiten Trick kommen wir gleich.

Lasset uns zunächst in Wehmut und Bewunderung der asylantenfreundlichen Organisation ODESSA gedenken, deren Name aus der radikalen Abkürzung von „Organisation der ehemaligen SS-Angehörigen“ entstand. 1945 und viele Jahre danach schleuste die ODESSA Abertausende von SS-Topverbrechern und Nazi-Massenmördern aus Deutschland zunächst durch Österreich und Südtirol. Für sie gab es keine „Drittland“-Klausel! Weitergeleitet wurden die Unglücklichen über Genua und Rimini nach Rom, wo man sie in dem riesigen Franziskanerkloster so lange beherbergte und verpflegte, bis falsche Papiere und Schiffspassagen nach Südamerika besorgt waren. Einer von jenen, die sich am barmherzigsten um diese Asylanten mühte, war Alois Hudal, deutscher Bischof in Rom. Gott der Allmächtige wird es ihm ebenso gelohnt haben wie höchsten Würdenträgern des Vatikan, die in herzinniglicher Güte ihre schützende Hand über die (vorübergehend) gefährdeten Massenmörder hielten. Ewige Seligkeit konnten des weiteren vom HERRN auch deutsche, französische und italienische Politiker, Vertreter der Schwerindustrie, caritative Vereinigungen und Juan Domingo Perón für ihre Liebesdienst-Betreuung der Herren Schlächter erwarten. Der argentinische Staatspräsident ab 1946 hatte den Nazis schon vor Kriegsende versichert, daß sein Land jeden von der ODESSA betreuten Flüchtling bereitwillig übernehmen würde. Perón wußte Bescheid über die Unmassen von Geld, Gold und Schmuck, welche die Nazi-Rettungsorganisation besaß. Auf die geschilderte Weise kam beispielsweise auch Karl Adolf Eichmann nach Buenos Aires. Daß ihn später Agenten des israelischen Geheimdienstes unter infamster Mißachtung fundamentaler Völker- und Menschenrechte nach Jerusalem entführten, ist die Schande Israels und die Tragödie Adolf Eichmanns.

Dieser Märtyrer besaß zu jener Zeit, da das Dritte Reich nach sechsjährigem heroischen Ringen mit ungeheuerlich überlegenen Gegnern (von denen es überfallen worden war) heroisch zusammenbrach (wie es damals den Anschein hatte), leider ungenügendes Vertrauen in deutsche Gerechtigkeit. Hätte er doch nur genügend besessen! Bei uns ging alles seinen guten Weg: Die blutigsten Nazi-Richter wurden niemals angeklagt und verurteilt, „Euthanasie"-Experten der „Aktion T 4" bis heute desgleichen nicht. NS-Richter blieben in Amt und Würden, „Euthanasie"-Ärzte eröffneten neue Praxen und waren bald geliebte Helfer ihrer Patienten und Bürger, denen man Hochachtung entgegenbrachte. Erschütternd, daß ein vorbildlicher Mann wie Adolf Eichmann, der, wie er so sehr zu Recht sagte, gleich Millionen anständiger Deutscher und Österreicher (siehe auch unter Waldheim) immer nur seine Pflicht getan hatte, ein solch grauenvolles Ende nehmen mußte. Zurück zu amnesty international.

Brigitte Erler, Generalsekretärin der deutschen ai-Sektion, legte auf der Pressekonferenz in Bonn einen 514 Seiten langen Jahresbericht vor. Er ist auch als Taschenbuch erschienen. 129 (!) Länder werden darin schwerster Menschenrechtsverletzungen beschuldigt. Frau Erler sagte, daß es sich für Menschen, die aus ihrer Heimat vor Verfolgung, Folter und Mord fliehen müssen, „immer schwieriger erweist, Asyl zu finden". Besonders in Westeuropa und Nordamerika werde das „Asylrecht zunehmend restriktiver gehandhabt". Diese Tendenz sei auch in der Bundesrepublik zu beobachten.

Im Grundgesetz heißt es zwar in Artikel 16, Absatz 2: „Politisch Verfolgte genießen Asylrecht." Der Satz ist ohne Zweifel Folge des Umstands, daß die „Väter des Grundgesetzes" bei Abfassung desselben noch unter Schock standen und einigermaßen redlich waren. Aber sehen Sie mal: Wegen dieses unglücklichen Satzes hätte das ganze Flüchtlingsgesindel ja nun ein *Recht* in Anspruch nehmen können, nicht wahr. Als „Asylnehmer" sozusagen. Dem mußte natürlich schnellstens vorgebeugt werden. Und darum heißen Flüchtlinge wie? „Asylsuchende" heißen sie, oder „Asylbewerber". Äußerstenfalls. Frau Erler sagte, ihr sei „eine Reihe von Fällen bekannt, in denen trotz akuter Gefährdung für Leib und Leben" das Innenministerium eine Aufnahme bedrohter Menschen verweigert habe. „Die Ablehnungsgründe für Asylbewerber werden auch bei uns immer mehr ausgeweitet", sagte Frau Erler, und die Berliner Ausländerbehörden seien daran, eine „Vorreiterrolle" bei Abschiebungen zu übernehmen. Diese Entwicklung bewertete Frau Erler als „eine Ermutigung zu Menschenrechtsverletzungen". (Ach, humane ODESSA!) Viele Regierungen entzögen sich mit „Tricks" ihrer Verantwortung. Öffentlich bekundeten sie, zur Aufnahme von Opfern bereit zu sein, im konkreten Fall heiße es dann jedoch, in diesem oder jenem Land gebe es ja gar keine Verfolgten.

Und hier sind wir bei Trick zwei der Bundesregierung. Er ist ebenso einfach wie genial: Der Begriff der politischen Verfolgung wird mehr und mehr eingeengt. Was da bei uns reinwill, das sind, wir wissen es, gelt, nur „Scheinasylanten" und „Wirtschaftsflüchtlinge"!

Indessen: Dieses Regierungsverhalten sei „das Teuflische", sagte Frau Erler, deren Bemerkungen in diesem Zusammenhang wohl als Kritik am widersprüchlichen und ungeklärten Verhalten der Bundesregierung zu den vom Tod bedrohten 15 chilenischen Häftlingen zu verstehen waren.

Also Moment mal, was heißt denn da „widersprüchlich"? Was heißt denn da „ungeklärt"? Das ist doch alles absolut logisch! Die fünfzehn, sagt der Herr Bundesinnenminister, sind Terroristen, und ihre Aufnahme ist somit ein nicht vertretbares Risiko für dieses unseres Land. Ganz abgesehen davon, daß die Chilenen – im Gegensatz zu den von der ODESSA betreuten Herren für Juan Perón! – für die Bundesrepublik nicht einmal Gold, Geld oder Schmuck abwürfen, wenn man sie reinließe. Und außerdem und überhaupt: In Chile wird nicht gefoltert und gemordet! General Pinochet ist ein ehrenwerter Mann, das sind sie alle, alle ehrenwert, und alle, alle Geschäftspartner.

Wer also immer noch behauptet, in Chile würde doch gefoltert und gemordet, sollte schnellstens vom Verfassungsschutz unter die Lupe genommen werden. Und wenn's Herr Blüm ist. Der könnte zu seiner Entlastung immerhin darauf verweisen, daß seine Regierung vor einem Jahr noch eine Erhöhung der Mittel zur Unterstützung des Pinochet-Regimes beschlossen hat. Und vielleicht, man kann so etwas nie genau wissen, protestierte Blüm auch nur nach dem mit Recht allseits beliebten Opportunitätsprinzip.

Im Ernst, für jene, die immer noch zweifeln, wollen wir es hier in aller Deutlichkeit sagen: Nehmen wir theoretisch an – bloß theoretisch –, daß in Chile und 128 anderen Ländern *wirklich* gefoltert und gemordet wird, wie amnesty international behauptet. Na, dann können wir nur fragen: Muß Folter sein? Ist Todesstrafe sittlich zulässig und Völkermord, gleich Terrorismusbekämpfung, legitim?

Ohne Zweifel.

Denn dies beweisen eindeutig vier Fälle deutscher Rechtsprechung.

1. Das Asylbegehren eines jungen Tamilen wurde vom Bundesamt für die Anerkennung ausländischer Flüchtlinge in Zirndorf unter anderem mit folgender Begründung abgelehnt: „... selbst wenn das Militär aufgrund seiner Stärke und Ausrüstung in der Lage sein sollte, nicht nur jugendli-

che Tamilen, sondern die gesamte tamilische Bevölkerung im Norden zu disziplinieren, niederzuhalten oder schlimmstenfalls sogar zu vernichten – mit oder ohne Billigung der Staatsführung –, darf nicht verkannt werden, daß in der den Aktionen zugrundeliegenden Terroristenbekämpfung ein legitimes Ziel liegt.“ (Entscheid vom 2. 9. 1985, Aktenzeichen: 431-7184-84).

2. Ein türkischer Staatsbürger, der 1969 als 14jähriger seinen Eltern in die Bundesrepublik nachgereist war, wurde 1983 wegen Verstoßes gegen das Betäubungsmittelgesetz zu sieben Jahren Freiheitsstrafe verurteilt. Die Ausländerbehörde lehnte die Verlängerung der Aufenthaltserlaubnis ab und erließ eine Ausweisungsverfügung. Dagegen ging der türkische Staatsbürger gerichtlich vor: Die Ausländerbehörde habe nicht berücksichtigt, daß in der Türkei wegen derselben Tat gemäß Artikel 403 TStGB die Todesstrafe drohe.

Das Oberverwaltungsgericht Lüneburg sah darin kein Ausweisungshindernis und befand: „Die Todesstrafe ist zwar für die Bundesrepublik Deutschland abgeschafft. (Vgl. Art. 102 GG.) Nach der Rechtsprechung des Bundesverfassungsgerichts (BVerfGe 18, 112) kann diese Regelung nicht als rechtsstaatlich-sittliche Grundforderung angesehen werden, welche die Bundesregierung gegenüber ausländischen Staaten unter Diskriminierung fremder Rechtsordnungen unbedingt durchzusetzen hätte. Der Senat vermag nicht festzustellen, daß nach dem inzwischen erreichten Zivilisationsniveau die Todesstrafe eine allgemeine Ächtung erfahren hat. Nach wie vor wird die Todesstrafe auch in führenden westlichen Demokratien verhängt und vollstreckt. (Urteil vom 15. 1. 1985. Aktenzeichen: 11 OVG A 124/84, Seite 10 des Urteilsabdrucks.)

Is’ was?

3. Eine Chilenin wurde nach einer Demonstration gegen das Regime Pinochet von deutscher Polizei verhaftet und eine Nacht lang festgehalten. Vor ihrer Freilassung ermahnte man sie, derartige Aktivitäten in Zukunft zu unterlassen. Das Bundesamt für die Anerkennung ausländischer Flüchtlinge lehnte ihren Asylantrag ab. Aus der Begründung, unter anderem: „... es darf nicht übersehen werden, daß die unerlaubten Gruppenmärsche auch in der Bundesrepublik Deutschland als Störung von Ruhe und Ordnung angesehen werden ... Die Vermeidung von Ordnungsstörungen ist besonders Bürgern solcher Staaten zuzumuten, die im Ordnungsbereich leichter zu Exzessen gelangen, als dies in ruhigen und gefestigten Demokratien der Fall ist." (Bundesamt für die Anerkennung ausländischer Flüchtlinge, Bescheid vom 19. 2. 1986, Geschäftszahl: 332-00158-85).

Chile oder Bundesrepublik – Ordnung muß sein. Klar?

4. Ein kurdischer Asylbewerber war in seiner Heimat wegen Verteilung einer illegalen Zeitschrift mit einem Gummiknüppel auf Füße, Rücken und Gesicht geschlagen worden. Die angeschwollenen, blutunterlaufenen Füße wurden anschließend mit Salzwasser übergossen. Die Polizisten drohten, den Mann umzubringen.

Der Hessische Verwaltungsgerichtshof in Kassel sah denn auch in dem unerheblichen Zwischenfall keinen ausreichenden Asylgrund. Aus der Begründung, unter anderem: „Wenn es ... während der Inhaftierung des Klägers zu ... Folterungen gekommen wäre, geschah dies offenkundig in dem Bestreben der Polizisten ... ein als strafbar angesehenes Verhalten des Klägers aufzuklären und einer Wiederholung, nämlich einer weiteren Verbreitung der *Roja Välat*, vorzubeugen. Folterungen wie die, die der Kläger seiner Darstellung zufolge erlitten hat, stellen sich als erhebliche Verletzung der körperlichen Integrität dar und gelten gemeinhin als eindrucksvolles Beispiel menschenrechtswidriger Behandlung … Sie sind aber … nicht in jedem Fall als politische Verfolgung anzusehen … Es kommt auch bei diesen von staatlichen Stellen ausgehenden Rechtsgutverletzungen entscheidend auf die Motivation auf seiten der Verfolger an … Es ist aber weder vom Kläger glaubhaft gemacht noch sonst ersichtlich, daß die Mißhandlungen, die er erlitten hat, aus einem anderen Grund erfolgt sind, als dem, die Ermittlungen wegen der möglicherweise strafbaren Verbreitung der *Roja Välat* durch die entsprechenden Angaben des Klägers zu fördern und den Kläger für die Zukunft von einem weiteren Einsatz für diese Zeitschrift *Roja Välat* abzuhalten." (Hessischer Verwaltungsgerichtshof, Urteil vom 20. 11. 1981, Aktenzeichen: DE 676/81.)

Ruck, zuck. So geht das. Das gute Deutsch. Der gute alte Ton. Die gute alte Art, über Menschenleben zu entscheiden. Hatten wir schon einmal. Werden wir weiterhin haben. Es liegt an der furchtlosen Kontinuität des Denkens und Handelns sehr vieler Richter zwischen 1933 und 1987. (Merke: „Was damals Recht war, kann heute nicht Unrecht sein." Filbinger).

In der „Antifolterkonvention der Vereinten Nationen", dem „Übereinkommen gegen Folter und andere grausame, unmenschliche oder erniedrigende Behandlung oder Strafe" heißt es in Artikel 3:

1. Ein Vertragsstaat darf eine Person nicht in einen anderen Staat ausweisen, abschieben oder an diesen ausliefern, wenn stichhaltige Gründe für die Annahme bestehen, daß sie dort Gefahr liefe, gefoltert zu werden.

2. Bei der Feststellung, ob solche Gründe vorliegen, berücksichtigen die zuständigen Behörden alle maßgeblichen

Erwägungen einschließlich des Umstandes, daß in dem betreffenden Staat eine ständige Praxis grober, offenkundiger oder massenhafter Verletzungen der Menschenrechte herrscht.

Unsere Regierung gab anläßlich der Zeichnung dieser Konvention am 13. Oktober 1986 folgende Erklärung ab: „Die Regierung der Bundesrepublik Deutschland behält sich das Recht vor, bei der Ratifizierung diejenigen Vorbehalte oder Interpretationserklärungen mitzuteilen, die sie insbesondere im Hinblick auf die Anwendbarkeit des Artikels 3 für erforderlich hält."

Die Konvention trat am 26. Juni 1987 in Kraft. Sie wurde bis zur Stunde von der Bundesrepublik Deutschland nicht ratifiziert.

Von den drei Dingen, auf denen die Welt beruht, nennt ein altes Buch als erstes: die Gerechtigkeit.

Es ist allerdings ein sehr altes Buch.

Der Talmud.

DREI REDEN ZU GEGENWART, VERGANGENHEIT UND ZUKUNFT

Der Schriftsteller und die Politik

Am 21. Oktober 1991 erhielt ich den Award of Excellence der Schriftsteller-Vereinigung bei den Vereinten Nationen. In der Laudatio zur Preisverleihung im Dag-Hammarskjöld-Auditorium, New York, heißt es: „Sie sind – im wahren Geist der Menschenrechte – aufgestanden für die Ausgebeuteten der Erde, und mit Ihrer großen Gabe des Schreibens inspirierten Sie unsere Generation und bewegten sie hin zu einer besseren Welt, wie sie von den Vereinten Nationen erstrebt wird. Als ein Bürger dieser Welt, ein Weltbürger ersten Ranges, kennt Ihr Wort keine Grenzen und hat in 28 Sprachen den Erdball viele Male umrundet. Ihre Stimme ruft laut nach Solidarität, Toleranz, Mitleid und nach Achtung vor der Natur; mehr als 100 Millionen Menschen lasen Ihr Wort, und viele Millionen erreichte es über Radio und Fernsehen. Sie sind ein guter und ergebener Botschafter der Vereinten Nationen, ein Anwalt all dessen, wofür wir einstehen, ein Kämpfer gegen Unrecht und Not, ein guter Freund der Menschheit."

Exzellenzen, meine Damen und Herren, liebe Freunde!

The Writer and Politics – zu diesem Thema möchte ich Ihnen ein paar kleine Überlegungen unterbreiten. Ach, in finsteren Zeiten leben wir, und so finde ich Ihr Verständnis für das, was ich meine, wohl am ehesten, wenn ich mit der Wehklage eines Komödienautors beginne. Sein Name ist Franz Molnár, und der österreichische Schriftsteller Friedrich Torberg hat mir von Molnárs Wehklage berichtet. Die beiden Freunde hatten sich, bevor in Europa die Nazi-Pest zu wüten begann, nach Amerika retten können. Hier in New York unterhielten sie sich einmal über eine der schmerzlichsten Erfahrungen des Emigrantendaseins.

Torberg meinte kummervoll, daß man sich in einer fremden Sprache immer nur unfrei ausdrücken kann und im Zweifelsfall lieber das sagt, was man richtig und einwandfrei zu sagen hofft, als das, was man eigentlich sagen will.

Molnár seufzte. „Es ist sehr traurig", sagte er. „Ich habe oft mitten im Satz meine *view of the world* ändern müssen."

Sie sprachen natürlich deutsch, und Molnár sagte natürlich nicht *view of the world,* sondern „Weltanschauung". Sie alle wissen, wie belastet dieses Wort noch heute durch die perverse „Weltanschauung" ist, welche die Nazis schufen. Darum wollte ich Ihnen dieses deutsche Wort ersparen, indem ich es übersetzte. Ich rede ja auch nicht über „Schäferhunde". Sie erkennen jedoch gerade durch meine Bemühung sogleich, wie recht Torberg hatte: *view of the world* ist eben *nicht* gleich „Weltanschauung", auch nicht, wenn wir ganz gewiß davon ausgehen können, daß Molnár das Wort keinesfalls in der Nazi-Bedeutung gebrauchte. Alas, wie berechtigt war doch seine Wehklage über die engen Grenzen, die einer perfekten Übersetzung gezogen sind! (Auf der anderen Seite erweisen sich solche Grenzen manchmal auch als etwas ungemein Positives. Sie benutzen zum Beispiel das deutsche Wort „Weltschmerz" unübersetzt, weil etwas Derartiges in Ihrer Sprache nicht existiert – *lucky you!*).

Mit dem Kummer eines Verfassers von herrlichen Komödien bin ich indessen bereits tief im heißen Wasser einer der beiden Hauptschwierigkeiten, die ich als politisch engagierter Schriftsteller habe – politisch im umfassendsten

Sinne der „res publica“, also aller die menschliche Gemeinschaft betreffenden Angelegenheiten.

Für mich – und Autoren meiner Art – liegt das Problem längst nicht mehr in den verschiedenen Muttersprachen, sondern darin, daß sich durch die atemraubend schnelle Entwicklung der Wissenschaften und die atemraubend schnelle Vermehrung der politischen Krisen eine Art von technologisch-ideologischer Fachsprache entwickelt hat, die jede Klarheit und Wahrheit derart vernebelt, daß kein Schriftsteller und kein Leser sie mehr wirklich verstehen können.

In den Wissenschaften wird diese Techno-Sprache einerseits benutzt, weil viele Sachverhalte hier extrem kompliziert sind, andererseits, weil ja gerade auf dem Gebiet der Wissenschaften beileibe nicht jeder alles verstehen darf. Wo kämen wir beispielsweise hin, wenn ein jeder von uns ganz genau Bescheid über die Hersteller und die Herstellung, über die Menge und die Wirkung der sogenannten *smart weapons* wüßte? Sie sehen, was ich meine.

Politiker – und ich bitte herzlich, mir die Taktlosigkeit, solche Worte an solchem Ort zu sagen, zu verzeihen –, Politiker wiederum benutzen ihre Art von Techno-Sprache zum Erhalt ihrer Macht und zur Verschleierung ihrer – nun, sagen wir: gelegentlichen – Ratlosigkeit.

Im größten, Ihnen zweifelsfrei bekannten, internationalen Longseller ist übrigens von jener mißlichen Lage, über die die beiden Emigranten-Schriftsteller sich unterhielten, gleichfalls die Rede, denn das Phänomen war schon vor längerer Zeit aktuell.

Es begann alles, und ich zitiere aus dem Buch, noch äußerst harmonisch: „Und alle Welt hatte nur eine Sprache und dieselben Laute.“ Da aber begab es sich, daß progressive Damen und Herren – ohne Zweifel waren Schriftsteller und Politiker unter ihnen – in Euphorie gerieten und begeistert riefen – ich zitiere wieder: „Auf! Lasset uns eine Stadt und einen Turm bauen, dessen Spitze bis in den Himmel reicht. Wir wollen uns einen Namen machen!" Der HERR aber sprach: „Sie sind *ein* Volk, und nur eine Sprache haben sie alle; das ist aber erst der Anfang ihres Tuns. Nichts von dem, was sie vorhaben, wird ihnen unmöglich sein. Auf, lasset uns hinabsteigen! Wir wollen ihre Sprache verwirren, daß keiner mehr die Rede des anderen versteht."

Dabei, meine Damen und Herren, ist es, wie wir wissen, dann bis zum heutigen Tag geblieben, und wenn die Welt nun endlich untergeht, ist das nur die letzte Folge der durch viele Jahrtausende laufenden *Babylon*-Serie, gegen die sogenannte Langzeit-Serien wie *Dallas* oder *Dynasty* nur die Lebenssekunden von Sternschnuppen besaßen.

Um nun die erste der beiden Schwierigkeiten des politisch engagierten Schriftstellers von heute zu beseitigen, muß er jene, alle lebens- und überlebenswichtigen Probleme unverständlich machende babylonische Verwirrungssprache decodieren und so schreiben, daß seine Sätze die Gehirne und die Herzen der Leser erreichen, damit sie mit Entsetzen und Zorn endlich, endlich ganz klar zu *erkennen* und *mitzuerleiden* imstande sind, was alles heute ihr Leben auf Erden zur Qual macht, nämlich dies: Elend. Hunger. Krieg. Töten und Getötetwerden. Unterdrückung. Ausbeutung. Terror. Lüge. Demagogie. Unrecht. All dies – und die *Ursachen* und *Verursacher* von all dem.

Der Mensch, der das und vieles andere ganz klar erkannt hat, wird – und das erscheint mir von höchster Wichtigkeit – selbstkompetent und fähig zu dieser Erkenntnis sein: Er – und ein jeder von uns – kann in seiner Welt etwas verändern, wobei es nicht genügt, nur aus Vergangenem zu lernen. Ebenso wichtig ist es, mögliche katastrophale Folgen und Handlungen vorwegzunehmen. Wer aber, wenn er all dies ganz klar erkannt hat, wird da *nichts* verändern wollen – für sich und seine Kinder und Kindeskinder?

Ich besitze, wenn ich das mit größter Bescheidenheit anmerken darf, bereits einige Erfahrung mit der schwierigen Rückübersetzung der Techno-Sprache in eine solche Sprache, die jeder Mensch versteht. Ich habe ein Buch über die Gefahren der Genmanipulation geschrieben und zuletzt ein Buch über Umweltzerstörung, also darüber, wie diese Welt durch die Verbrechen der Menschen an der Natur zerstört wird.

Indessen wird diese Welt auch durch Verbrechen der Menschen an Menschen zerstört. Wir haben es hier mit den zwei Seiten der gleichen Münze zu tun: hier das ökologische Verbrechen, da das politische. Gemeinsam garantieren sie die Vernichtung der Welt. Es ist vielleicht nur eine kleine Welt, aber sie ist alles, was wir haben. Noch könnten wir die Vernichtung verhindern. Nicht mehr lange.

Bevor ich auf die zweite Schwierigkeit des Schriftstellers in unserer Zeit zu sprechen komme, erscheint mir unbedingt eine Zwischenbemerkung vonnöten.

Zweieinhalb Jahre lang habe ich rund um den Globus für mein Buch über die Verbrechen der Menschen an der Natur recherchiert. Dieses Buch endet hoffnungsvoll – es ist noch nicht zu spät, wir haben noch eine Chance, davonzukommen.

Manche Wissenschaftler haben mir das übelgenommen und mich eines verantwortungslosen Optimismus bezichtigt. Ich mußte ihnen recht geben – und doch wieder auch nicht. Sehen Sie: Nach allem, was ich bei jener langen Recherche erfuhr, war ich durchaus der Meinung: Es ist aus mit uns. Wir sind am Ende. In vierzig Jahren schon wird diese Erde rein ökologisch und abgesehen von allem anderen eine Hölle sein, in der die Menschen zugrunde gehen – und nach allem, was wir getan haben und immer weiter tun, sind wir keiner einzigen Träne wert, wenn wir endlich vom Antlitz der Erde verschwinden. Sollte es etwa immer so weitergehen mit uns? Die Dinosaurier hatten auch Pech. Nein, nein. Wir haben unsere Zeit gehabt, und wir haben sie elend mißbraucht.

Das dachte ich, und dazu kam bei mir noch die Lektüre eines Buches von Ulrich Horstmann. Nach Ansicht dieses deutschen Philosophen sind wir derart entsetzliche Irrläufer der Evolution, daß es unter uns allen längst eine heimliche Übereinkunft gibt, ein unausgesprochenes großes Einverständnis: Wir müssen ein Ende machen mit uns und unseresgleichen, so bald und so gründlich wie möglich – ohne Pardon, ohne Skrupel und ohne Überlebende. Nur so, meint Horstmann, ist die sich Jahrtausend um Jahrtausend fortsetzende Litanei des Hauens, Stechens, Spießens, Hackens in Abertausenden von Kriegen zu erklären. Bislang haben die Mittel nicht ausgereicht. Nun hätten wir sie – und damit zum erstenmal die Chance, den Evolutionsprozeß, den grauenvollen, bewußt und planvoll zu Ende zu bringen – durch die kollektive Selbstvernichtung der Menschheit. Und nur eine Sorge quält Horstmann: diese mit den Arsenalen der ABC-Waffen gebotene Gelegenheit, unwiderruflich und erinnerungslos Schluß zu machen mit uns, könnte vertan werden ...

Der Gedanke hat etwas Faszinierendes. Finden Sie nicht?

Richten wir doch nur einen ganz kurzen Blick auf das, was in jüngster Zeit geschehen ist: Zwischen 1870 und 1939 hat allein Deutschland drei Kriege verschuldet, als dritten den größten und schrecklichsten der Geschichte; dieser Nazi-Krieg kostete über sechzig Millionen Menschen das Leben, darunter über zwanzig Millionen Russen und sechs

Millionen bestialisch ermordete Juden; blicken wir weiter auf die rund einhundertundsiebzig sogenannten „kleinen" Kriege *nach* 1945, unter ihnen so „kleine" wie in Korea, in Vietnam, in Afghanistan und am Golf; blicken wir auf die gnadenlose Ausbeutung und Vernichtung der Dritten Welt, auf den immer fürchterlicher werdenden Nord-Süd-Konflikt, auf den Nahen Osten und das täglich größere Explosionspotential zwischen Israelis und der Arabischen Welt; wie wird heute in Europa mit Asylbewerbern umgegangen, wie werden sie bedroht, mißhandelt, totgeschlagen oder abgeschoben; wie ungeheuerlich groß sind Fremdenhaß und Rassenhaß geworden ... genug, ich höre auf und erkläre: Meine Damen und Herren, vor Ihnen steht ein Mann, der offensichtlich an einer besonders schweren Form von Schizophrenie leidet, denn: Ich bin zwar absolut überzeugt davon, daß wir am Ende sind – aber ich werde alles tun, was ich kann, damit es *nicht* zu Ende ist mit uns, und die Entwicklung zum Guten und zum Überleben wird Gegenstand meines Schreibens bleiben.

Offensichtlich schwer schizophren bin ich, wie ich gerade sagte. Ja und nein. Sehen Sie, meine Damen und Herren: Ich habe einmal Chemie studiert und eine naturwissenschaftliche Erziehung genossen. Diese Erziehung verlangt von mir, wenn ich von „aus, Schluß, zu Ende, vorbei" spreche, daß ich den *absoluten*, den durch *nichts* zu erschütternden *Beweis* dafür erbringe, daß alles verloren ist und wir unter allen Umständen am Ende sind. Und diesen wissenschaftlichen Beweis *kann ich nicht erbringen.* Niemand kann das. Und niemand, auch nicht ein so großer Pessimist wie ich, darf eben darum sagen: aus, Schluß, zu Ende, vorbei.

Und aus diesem einfachen Grund müssen wir alle, und jeder von uns besonders, so verantwortlich wie möglich weiterdenken und weiterhandeln. Denn es *kann* immer noch – und das jederzeit – zu einem Ereignis kommen, das uns und unsere Welt rettet. Es *kann* jederzeit ein Wunder geschehen. In meinem Leben gab es so viele Wunder, persönliche und solche für Millionen: nach allem, was geschah, *lebe* ich noch; so große *Lieben* durfte ich erfahren; wirklich und wahrhaftig sechsundvierzig Jahre ohne *Krieg* sind in Deutschland vergangen ... ja, Zeuge derartig vieler Wunder war ich, daß ich einfach *gezwungen* bin, zu konstatieren: *Wer nicht an Wunder glaubt, ist kein Realist.* Und ein Wunder, so heißt es in Bernard Shaws *Heiliger Johanna,* ist ein Ereignis, das Glauben schafft.

Und nun zu der zweiten Schwierigkeit eines Schriftstellers, der sich in Politik, in die Geschichte seiner Zeit einmischen will.

Eine unerhört weise, sehr verehrte Freundin sagt mir immer wieder, daß man Zeitgeschehen nicht aus der Zeit des Geschehens heraus beurteilen und deuten darf. Dennoch haben Schriftsteller dies immer wieder getan und ihre Zeit aus ihrer Zeit heraus gedeutet. Meine hochgeschätzte Freundin möge beruhigt sein: Damit jedenfalls ist es nun vorbei – nicht etwa, weil die *boys* gleichfalls weise geworden sind und solches nicht mehr *wollen,* nein, weil sie es nicht mehr *können,* denn dazu geschieht heute einfach viel zu vieles viel zu schnell.

Nur *ein* Beispiel dafür, wie man sich lächerlich machen kann, wenn man heute noch versucht, mit der Lawine von Ereignissen Schritt zu halten.

Am Montag, dem 19. August 1991, saß Michail Gorbatschow, ein Mann, den ich für den größten und mutigsten Politiker unseres Jahrhunderts halte, ja für ein *Wunder* wahrhaftig!, am 19. August 1991, einem Montag, saß dieser Michail Gorbatschow als Gefangener orthodoxer kommunistischer Betonköpfe in seiner Datscha auf der Krim, und nach einem Putsch hatten jene orthodoxen Betonköpfe in Moskau die Macht über die Sowjetunion an sich gerissen.

Besonders arg erwischte es in diesem Zusammenhang Autoren der international mit Recht hochangesehenen deutschen Wochenschrift *DIE ZEIT.* Hier füllten Journalisten, welche ihre Tinte nicht halten konnten *(an acute case of ink-incontinence),* die nächste Ausgabe, jene, die am 22. August auf der Straße sein sollte, mit geistvollen, vor allem aber riesigen Nachrufen auf Michail Gorbatschow, auf Perestroika und Glasnost. Besonders hervor tat sich dabei eine Ihnen allen bekannte hochkarätige Persönlichkeit. Diese hochkarätige Person schrieb dem Sinne nach, sie hätte schon seit Jahren gewußt, daß es mit Gorbatschow und seinen Bemühungen einfach ein böses Ende nehmen mußte. Als dieser Artikel und alle anderen dann am 22. August an jedem Zeitungsstand zu erwerben waren, war der Putsch der Betonköpfe zusammengebrochen und Gorbatschow bereits wieder im Amt. Oh ja: bei der Ihnen allen bekannten hochkarätigen Persönlichkeit handelte es sich um den ehemaligen deutschen Kanzler Helmut Schmidt. (Was nicht heißen soll, daß er vielleicht nicht *doch* recht hatte und ich auch nur noch im geringsten verblüfft wäre, wenn ich morgen früh hörte, daß Gorbatschow bei einem neuerlichen Putsch endgültig abgesetzt worden ist und der orthodoxe Kommunismus wieder blüht.)

Grundsätzlich jedoch darf man so etwas einfach nicht mehr tun. Wenn man es dennoch tut, fällt man auf die Nase.

Ich weiß, wovon ich rede, ich bin, um eine Kleinigkeit, selber auf die Nase gefallen. Nach dem Golfkrieg wollte ich, zutiefst erschüttert, unbedingt einen Roman über einen

Höhepunkt in der Tragödie des unglücklichen Volkes der Kurden schreiben, über Millionen Menschen, die in jenem – lassen Sie mich sagen: unvollendeten – Krieg von allen Seiten mißbraucht, belogen, im Stich gelassen und nun von Saddam Hussein auf das grausamste verfolgt und getötet wurden. Die Vorarbeiten zu dem Roman nahm ich am 10. März 1991 auf. Die blendende Erkenntnis, daß sich niemand mehr für das Schicksal der Kurden im und nach dem Golfkrieg interessieren würde, wenn mein Roman im August 1993 – früher ging das nicht – herauskam, ereilte mich am Samstag, dem 7. September 1991.

Warum die blendende Erkenntnis? Was war geschehen? Nun, doch wohl einiges in der so kurzen Zwischenzeit! Beispielsweise waren nach all den erfolgreichen Bemühungen Gorbatschows, immer mehr Menschen, ja immer mehr Völkern die Freiheit zu bringen, auf dem Fuße folgend nationalistische Bewegungen wie Pilze aus dem Boden geschossen. Nationalgesinnte ethnische Gruppen von zwei oder drei Millionen Menschen forderten lautstark Anerkennung als souveräne Staaten, obgleich die meisten von ihnen ohne den Staat, in dem sie lebten, überhaupt keine Chance hatten, außer jener, zugrunde zu gehen.

Ich empfinde eine durch nichts zu besänftigende Furcht vor dem Wort Nation, weil ich als Deutscher weiß, wie sich dieses Wort steigert: Nation – Nationalismus – ich brauche nicht weiterzusprechen.

Als ich mein Kurden-Projekt aufgab, da tobte in dem Vielvölkerstaat Jugoslawien bereits ein bestialisch geführter Bürgerkrieg. Und fast täglich gibt es nun neue nationalistische Bewegungen, so daß ich fürchte, wir müssen – wenn nicht ein Wunder geschieht, was natürlich jederzeit möglich ist! – bald schon einer nicht mehr zu überblickenden Folge bestialisch geführter kleiner Bürgerkriege entgegensehen, aus denen sehr wohl sehr bald ein großer, flächendeckender Krieg entstehen kann.

Ferner: Im wiedervereinten Deutschland drifteten die „Wessis" und die „Ossis", wie sie sich nennen, also die „Westies" und die „Easties", immer mehr auseinander. Die „Brüder und Schwestern" von vor zwei Jahren haben mittlerweile begonnen, einander zu beschimpfen, ja fast zu hassen. Und in den neuen Bundesländern, also bei den „Ossis", genauso wie in den alten Bundesländern, also bei den „Wessis", macht sich seit längerer Zeit und immer gräßlicher ein brutaler Nationalsozialismus und ein geradezu unfaßbarer Fremdenhaß breit. Ausländer werden zusammengeschlagen, ihre Wohnheime angezündet, es gab bereits Tote, die Polizei sah die längste Zeit untätig zu, und die Politiker schwiegen, besorgt um die Erfolge ihrer Parteien bei den nächsten Wahlen.

Ein alptraumartiges Déjà-vu-Gefühl überkam mich. Denn so, genau so, hatte es in Deutschland vor 1933 angefangen. Damals waren es die Juden, die man zusammenschlug und tötete, heute – es existieren nur noch dreißigtausend Juden in Deutschland – sind es viereinhalb Millionen Ausländer, auch wenn sie seit Jahren in Deutschland leben. Daheim werde ich wegen solchen Redens und Schreibens oft ein „Nestbeschmutzer" genannt. Das ist auch ein schwieriges Wort und bedeutet ins Englische übersetzt etwa: *a bird which leaves his droppings in his own nest.* Ich bin aber der Ansicht, daß es immer noch besser ist, das eigene Nest zu beschmutzen als ein fremdes. Mögen andere von ihrer Schande sprechen, ich spreche von meiner.

Und außerdem: Während ich mein Kurden-Buch vorbereitete, wurden Asylbewerber *überall* in Europa gehaßt, verfolgt, geschlagen, getötet und abgeschoben – und das am Vorabend neuer Völkerwanderungen, bei denen sich, wie mir Experten versicherten, mindestens fünfzehn Millionen Menschen allein von Ost nach West in Bewegung setzen werden, nicht zu reden von den Wanderungen aus dem Süden in den Norden.

Jene fünfzehn Millionen verzweifelte Menschen, die aus dem Osten zu uns kommen werden, wird man auch durch den Einsatz von erstklassigen Neutronenbomben nicht aufhalten können.

Und schließlich: die große Sowjetunion hatte sich aufgelöst, war zerfallen, und das hatte sich – nach dem mißglückten Putsch – in wenigen Tagen ereignet. Die Kommunistische Partei der Sowjetunion war in Rußland, der größten Republik der Sowjetunion, von Russen verboten worden – und dazu waren nur ein paar Tage mehr nötig gewesen.

Der Kapitalismus steht also offenbar als eindeutiger Sieger fest, wobei wir uns Gedanken darüber machen sollten, ob ein Wirtschaftssystem, in dem täglich weltweit vierzigtausend Kinder verhungern, wirklich schon das Beste ist, was menschlicher Geist in Jahrtausenden hat hervorbringen können. Der Kommunismus oder auch der sowjetisch geprägte Sozialismus hatte durch seine bloße Existenz jahrzehntelang erheblichen Einfluß auf die kapitalistische Welt. Man braucht bloß an den Wohlfahrtsstaat in England, Frankreich und Deutschland zu denken oder an die Macht der Gewerkschaftsbewegung in vielen Ländern: Auf jeden Fall tat es dem Kapitalismus gut, sich mit einem anderen System auseinandersetzen zu müssen. Aber werden wir jetzt der Versuchung widerstehen, schon aus reiner Bequemlichkeit zu folgern, der Kapitalismus habe den Stand der Vollkommenheit erreicht?

Werden wir aufhören, unser System zu verbessern? So viele Ereignisse, so viele Fragen, darunter diese: Was war eigentlich im Frühjahr 1991 mit den Kurden los?

Um anders auszudrücken, was ich meine: Wir sitzen in einem Hochgeschwindigkeitszug, und vor seinen Fenstern rast das Geschehen dieser zum Ende des 20. Jahrhunderts in Krisen taumelnden Welt an uns vorüber. Wobei freilich zu fragen wäre – Hallo, Professor Einstein! –, wer da an wem vorüberrast.

Der Schriftsteller, nein, *viele* Schriftsteller natürlich, so viele wie möglich, müßten nun, so denke ich, versuchen, sich aus diesem Hurrikan von Geschehnissen ein einzelnes zu wählen – und zwar, losgelöst von der Tagesaktualität, ein archetypisches – also *ein* Flüchtlingsschicksal, *einen* Fall von extremem Rassenhaß, die Geschichte *eines* Opfers der Ausbeutung in der Dritten Welt; *ein* Beispiel für den Schrecken des Krieges; und eines für das Glück des Friedens; *einige* Menschen unter den Qualen des Hungers und des Elends ..., und über diese archetypischen Ereignisse sollten die Schriftsteller in der von mir zu Beginn skizzierten decodierten, jedermann verständlichen und damit jedermann zu Herzen gehenden Sprache schreiben. Sie würden, weil ihre Themen dann ja, um ein französisches Wort zu verwenden, „mondial", also *weltumspannend* wären, nur noch über das berichten, was für die Menschheit weltumspannend interessant und von Wichtigkeit ist – und dieser *Mondialism,* erlauben Sie mir, den Begriff vorzuschlagen, könnte – *könnte,* sage ich, meine Damen und Herren, erinnern Sie sich: wer nicht an Wunder glaubt, der ist kein Realist –, dieser *Mondialism könnte* mithelfen, jene NEW WORLD ORDER zu schaffen, von der heutzutage allerorten so entsetzlich oft die Rede ist und von der wir bislang so entsetzlich wenig gemerkt haben.

NEW WORLD ORDER *darf* niemals heißen: Eine einzige Macht beherrscht die ganze Welt.

NEW WORLD ORDER *soll* so aussehen: Weltweite, also mondiale Abrüstung. Lösung des Nord-Süd-Konflikts, für die seit zwanzig Jahren die Sozialistische Internationale kämpft. Mondialer Ausgleich zwischen Arm und Reich, zwischen Elend und Überfluß. Verzicht auf materielle Ausbeutung bis zum letzten. Neue wirtschaftliche Entwicklungskonzepte im Sinne von Entwicklung in mondialem Maßstab. Man könnte sich in zwölfter Stunde – bleiben wir Realisten, glauben wir an Wunder! –, man könnte sich in zwölfter Stunde sogar noch dazu entschließen, nach ökologischen Gesetzen zu leben, beispielsweise durch neue Arten der Energiegewinnung und ihren vernünftigen Gebrauch. Man könnte doch – desgleichen in zwölfter Stunde – diese unsere kleine Welt endlich als ein *Ganzes* betrachten und, endlich, endlich!, die hier, ja, *hier!*, am 10. Dezember 1948 von der Generalversammlung der Vereinten Nationen verkündete Allgemeine Erklärung der Menschenrechte verwirklichen, in der es heißt: „Alle Menschen sind frei und gleich an Würde und Rechten geboren. Sie sind mit Vernunft und mit Gewissen begabt und sollen einander im Geiste der Brüderlichkeit begegnen. Jeder Mensch hat Anspruch auf die in dieser Erklärung verkündeten Rechte und Freiheiten ohne irgendeine Unterscheidung wie etwa nach Rasse, Farbe, Geschlecht, Sprache oder sozialer Herkunft, nach Eigentum, Geburt oder sonstigen Umständen."

Wir – und nicht nur wir Schriftsteller und Politiker –, nein, wir alle, jeder von uns muß entsprechend der sehr alten Wahrheit handeln, die da lautet: Jeder Mensch ist eine ganze Welt. Wer einen Menschen tötet, zerstört eine ganze Welt. Aber auch: Wer einen Menschen rettet, rettet eine ganze Welt.

Wie anders man all die gigantischen Gefahren, die uns heute bedrohen, bannen kann als durch Humanität, Erziehung, Toleranz und die mutigste Entscheidung, die ich mir für unsere Zeit vorstellen kann, nämlich durch den *Kompromiß*, das weiß ich nicht.

Vor rund vierhundert Jahren lebte einer der größten Dichter, die es je gab. Sein Name war John Donne. *Er* wußte es noch. Lassen Sie mich zum Abschluß meiner kleinen Überlegungen seine wunderbaren Worte zitieren:

„Kein Mensch ist eine Insel, ganz für sich allein. Jedermann ist ein Stück des Kontinents, ein Teil des festen Landes. Wäscht das Meer eine Scholle fort, wird ganz Europa ärmer, so als ob eine Landzunge verschlungen würde oder ein Schloß, das deinen Freunden gehört oder dir selbst. Jedermanns Tod macht mich ärmer, denn ich bin hineinverstrickt in die Menschenwelt; und deshalb verlange nie zu wissen, wem die Stunde schlägt: sie schlägt immer für dich.“

Gehorsam bis zum Tode

Rede zur Eröffnung der Ausstellung „Vernichtungskrieg: Verbrechen der Wehrmacht 1941–1944", gehalten am 18. Oktober 1995 in der Österreichischen Alpenmilchzentrale zu Wien

Wenn sich Männer meiner Generation über den Krieg unterhalten und darüber, was sie als Soldaten durchgemacht haben, heißt es oft: Wer nicht dabei war, kann nicht mitreden.

Ich war nicht dabei.

Trotzdem stehe ich als Redner vor Ihnen. Lassen Sie mich zuerst kurz erzählen, wie es gekommen ist, daß ich nicht dabei war, denn ich finde, mein Nichtdabeigewesensein gehört dazu.

Mein jüdischer Vater emigrierte 1938 ins englische Exil. Es gelang ihm nicht, seine Familie nachkommen zu lassen. Dreieinhalb Jahre später erreichte ich das „wehrfähige" Alter, wurde aber als sogenannter „Halbjude" für „wehrunwürdig" befunden und war somit nicht „kriegsverwendungsfähig". Verwendungsfähig fand man mich für die Verpflichtung zum Arbeitseinsatz in dem kriegswichtigen Betrieb Kapsch in Meidling. So war ich geschützt und mußte nur die letzten Wochen des Krieges im Untergrund verbringen. Meinen Vater habe ich nicht wiedergesehen, er starb in England. Seine Verwandten wurden ermordet. Von seiner Familie überlebten nur meine Mutter, meine Schwester und ich das Dritte Reich.

Obwohl ich also altersmäßig der Frontgeneration angehöre, fühle ich mich – aufgrund der geschilderten Umstände – eher der Nachkriegsgeneration verbunden. Sie ist, wie ich, nicht dabeigewesen, und sieht man einmal davon ab, daß ihre Väter dabei waren und meiner nicht, so haben wir ziemlich ähnliche Voraussetzungen: Nichts Selbsterlebtes trübt unseren Blick. Was wir beispielsweise über den sogenannten Rußlandfeldzug wissen, verdanken wir dem Hörensagen, haben wir Büchern, Filmen und Zeitungen entnommen. Wir sind – ohne eigenes Zutun – unschuldig an den Verbrechen und neigen aus diesem Grunde dazu, ein wenig naiv zu sein und undifferenziert Pauschalurteile zu fällen. Ich will Ihnen dafür ein Beispiel geben: Wäre ich für „wehrwürdig" befunden worden, hätte ich folgenden Eid abzulegen gehabt:

> Ich schwöre bei Gott diesen Heiligen Eid, daß ich dem Führer des Deutschen Reiches und Volkes, Adolf Hitler, dem obersten Befehlshaber der Wehrmacht, unbedingten Gehorsam leisten und als tapferer Soldat bereit sein will, jederzeit für diesen Eid mein Leben einzusetzen.

Nicht daß Sie glauben, ich hätte Ihnen versehentlich den Eid der SS vorgelesen, der lautet nämlich so:

> Ich schwöre Dir, Adolf Hitler, als dem Führer und Reichskanzler, Treue und Tapferkeit. Ich gelobe Dir und jenen, die Du zu meinen Vorgesetzten ernannt hast, Gehorsam bis zum Tode, so wahr mir Gott helfe.

Sie sehen, bereits beim Eid – mit dem doch eigentlich alles anfängt – hört alles schon auf. Außer dem vertraulichen Du erblicke ich keinen erheblichen Unterschied zwischen diesen beiden Eiden. Daß die Soldaten der Wehrmacht – von denen man ja annehmen sollte, sie hätten den Feind abzuwehren und das Vaterland zu schützen – auf die Person Adolf Hitlers vereidigt wurden und damit auf seine Kriegsziele, sagt schon genug über ihre zukünftige Verwendung aus. Ich glaube grundsätzlich nicht an den Mythos *irgendeiner* sauberen Wehrmacht, weil ich alles Militärische verabscheue – aber nehmen wir einmal an, es gäbe ihn, so könnte bereits nach einer solchen Vereidigung von Sauberkeit nicht mehr die Rede sein. Und wenn man zusätzlich erfährt, der Eid auf den Führer dieser Wehrmacht sei keineswegs von Hitler diktiert, sondern, umgekehrt, von Wehrmachtsoffizieren erdacht und dem Führer förmlich aufgedrängt worden als Dank für die Ausschaltung der SA, so bleibt einem wie mir, der nur ahnen kann, wie es war, dabeigewesen zu sein, freilich die Spucke weg.

19 Millionen Soldaten, deutsche und österreichische, haben diesen Eid geschworen. Etwa 15.000 von ihnen wurden später von eben jener Wehrmacht getötet, gewissermaßen in Bestrafung dafür, daß sie ihren Eid gebrochen haben. Als die Wehrmachtsführung nach Ende des Krieges in einer Denkschrift erklärte, das Heer sei stets gegen Partei und SS eingestellt gewesen, es hätte nahezu alle wichtigen Entscheidungen Hitlers mißbilligt und gegen Kriegsverbrechen opponiert, erhob sich keinerlei Protest im Lande.

Die ehemaligen Soldaten haben deshalb nicht protestiert, weil sie genau wußten, wie diese aus der Luft gegriffenen Behauptungen zu verstehen waren.

Das Heer ist natürlich nicht äußerlich, nicht praktisch dagegen gewesen, so etwas wäre ja mitten im Krieg gar nicht machbar, nein, das also nicht, aber tief drinnen waren fast alle dagegen. Das ist womöglich die reine Wahrheit, soll aber heißen, da wir innerlich opponiert haben und nur dem Scheine nach, der Not gehorchend, Nazis waren, haben wir dem System an sich immer skeptisch gegenübergestanden. Wie diese Auffassung, je wahrer sie ist, die Sache nur *noch* schlimmer macht, scheint den Betreffenden nicht aufzufallen. Demnach muß man nämlich gar nicht Nazi gewesen sein, um Vernichtungskrieg und Massenmord in die Tat umzusetzen, es genügte bereits, national beziehungsweise konservativ gesinnt oder einfach nur vereidigt gewesen zu sein.

Daß es so war und wie es geschah, zeigt die Ausstellung hier im Detail. Dennoch werden auch diese Beweisstücke nicht endlich die litaneiartigen Beteuerungen verstummen lassen, man habe von nichts gewußt und eben nur seine Pflicht getan. Und es liegt ja auch eine gewisse Logik darin, wenn einer sagt, *Befehl ist Befehl.*

Schade, daß in der Regel niemand weiterfragt und sagt, ich nehme Sie jetzt einmal beim Wort, konkret gesprochen heißt das also zum Beispiel: Kommissarsbefehl ist Kommissarsbefehl!

Und was befiehlt der Kommissarsbefehl? Alle politischen Funktionäre der sowjetischen Armee sind sofort, oder nach durchgeführter Absonderung, zu ermorden.

Der Befehl, nichtarbeitende sowjetische Kriegsgefangene haben zu verhungern, ist der Befehl, nichtarbeitende sowjetische Kriegsgefangene verhungern zu lassen.

Dasselbe gilt für diejenigen, die immer *nur* sagen – das *nur* fehlt nie – sie hätten *nur* ihre Pflicht getan. Sie sollen doch einmal sagen, *was* ihre Pflicht war! Die Frage kam nicht, die Antwort kam nicht, sie hätte aber etwa so lauten können:

> Wir haben gegenüber diesen Juden aus dem Dorfe X, die alle heute erschossen werden mußten, nur unsere Pflicht getan. Wir hatten nichts persönlich gegen sie. Nachdem wir die Leute zusammengestellt hatten, marschierten wir mit ihnen nur ein paar Minuten bis zu einem Sumpf. Jeder von uns gab nur zehn Schüsse ab. Auch ich habe pflichtgemäß nur zehn Juden erschossen. Ein paar Tage

später haben wir eine ähnlich große Zahl in einem anderen Dorf erschossen, und auch hierbei habe ich nur meine Pflicht getan.

Und noch nie hat mir einer, der dabei war, erklärt, wie er mit seinem Bild vom *Ewigen Juden* zurechtkam. Dieses propagandistische Judenbild zeigte immer bloß einen dämonisch grinsenden Mann, entweder im Anzug oder mit Kaftan und Schläfenlocken. Die Überraschung dürfte groß gewesen sein, als man es plötzlich auch mit Frauen und Kindern zu tun bekam. Der männliche Impuls, Frauen und Kinder zu beschützen, mußte nicht nur unterdrückt, sondern in sein Gegenteil verkehrt werden. Wie wenig überzeugend klingt da die Erklärung, das sei etwas anderes gewesen, denn es habe sich um Flintenweiber, Partisaninnen, Spioninnen und bei den Kindern um Kundschafter gehandelt.

Manche wollen jetzt vielleicht sagen, schön und gut, aber wieso werden uns die Verbrechen der Wehrmacht hier in der Österreichischen Alpenmilchzentrale präsentiert? Wir sind ein kleines Land, zudem waren wir das erste Opfer der Hitler-Aggression, uns trifft die geringste Schuld. Wie es sich damit verhält, läßt sich an einem Kriegsschauplatz, der auch heute wieder einer ist, erkennen – an unserem Nachbarland Jugoslawien, genauer am Beispiel Serbien.

Im April 1941 ist die Wehrmacht in Serbien einmarschiert, und zwar mit einem überproportional hohen Anteil an Österreichern in ihren Reihen. Im August 1942 meldete der für die Zivilbevölkerung zuständige Chef der Militärverwaltung, Serbien sei das einzige Land, in dem es gelang, sowohl das Juden- als auch das Zigeunerproblem zu lösen. Den Vergasungswagen schickte man dankend nach Berlin zurück.

Der für Serbien verantwortliche Oberbefehlshaber General Böhme war Österreicher. Unter seiner Leitung erledigte die Wehrmacht neben ihren militärischen Aufgaben auch die des Massenmordes an der Zivilbevölkerung. Zu den ersten Opfern gehörten übrigens österreichische Juden, die auf der Flucht nach Palästina in Serbien von ihren Verfolgern eingeholt worden waren. Es ist gut möglich, daß ihnen im Erschießungskommando die eigenen Landsleute gegenüberstanden, denn an den Massakern waren Einheiten beteiligt, die größtenteils aus Österreichern bestanden. Auch alle serbischen Juden und Zigeuner, denen es nicht gelang, sich zu verstecken, wurden von der Wehrmacht ermordet, im Rahmen der Partisanenbekämpfung und Geiselerschießung. Frauen und Kinder wurden in einem Vergasungswagen um ihr Leben gebracht.

Ich will nicht weiter ins Detail gehen, bereits diese wenigen Fakten widerlegen die goldene Legende von der Opferrolle Österreichs. Auch ein kleines Land kann große Verbrechen begehen.

Nun darf man mir natürlich entgegenhalten, daß es keine Kollektivschuld gibt und daß es sehr viele anständig gebliebene Soldaten gab. Dazu möchte ich Ihnen etwas vorlesen. Ein bekannter Autor hat es geschrieben, und Hannah Arendt faßt es folgendermaßen zusammen:

> Peter Bamm, ein deutscher Militärarzt, der an der russischen Front diente, berichtet in *Die unsichtbare Flagge* (1952) über die Ermordung von Juden in Sewastopol. Sie wurden von „den anderen", wie er die SS-Mordkommandos nennt, um sie von den gewöhnlichen Soldaten zu unterscheiden, deren Anständigkeit das Buch preist, zusammengetrieben und in einen versiegelten Sondertrakt des ehemaligen GPU-Gefängnisses gesteckt,

das an die Offiziersunterkunft angrenzte, in der Bamms eigene Einheit einquartiert war. Sie mußten dann einen fahrbaren Gaswagen besteigen, in dem sie nach wenigen Minuten starben, worauf der Fahrer die Leichen aus der Stadt hinausfuhr und sie in Panzergräben ablud.

Und nun Peter Bamm:

Wir wußten das. Wir taten nichts. Jeder, der wirklich protestiert hätte oder etwas gegen das Mordkommando unternommen hätte, wäre vierundzwanzig Stunden später verhaftet worden und verschwunden. Es gehört zu den Raffinements der totalitären Staatskonstruktionen unseres Jahrhunderts, daß sie ihren Gegnern keine Gelegenheit geben, für ihre Überzeugung einen großen dramatischen Märtyrertod zu sterben. Den hätte vielleicht mancher von uns auf sich genommen. Der totalitäre Staat läßt seine Gegner in einer stummen Anonymität verschwinden. Es ist gewiß, daß jeder, der es gewagt hätte, lieber den Tod zu erleiden, als schweigend Verbrechen zu dulden, nutzlos sein Leben geopfert hätte. Damit will ich nicht sagen, daß ein solches Opfer moralisch sinnlos gewesen wäre. Es ist nur gesagt, daß es praktisch nutzlos gewesen wäre. Niemand von uns hatte eine Überzeugung, deren Wurzeln tief genug gingen, ein praktisch nutzloses Opfer um eines höheren moralischen Sinnes willen auf sich zu nehmen.

Hannah Arendt ergänzt:

All dies ist völlig richtig, und das einzige, was man hinzufügen kann, weil der Autor es nicht bemerkt, ist die Belanglosigkeit einer Anständigkeit, der der höhere moralische Sinn abhanden gekommen ist.

Welt wohin?

Diese Predigt wurde gehalten zu Sankt Severin in Keitum auf Sylt am 15. Mai 1991. Die Gemahlin eines ehemaligen Generals der deutschen Wehrmacht bedachte mich im Anschluß an die Predigt mit folgendem Fluch: „Ihr Glied soll verdorren!“

Beim ersten Morgenlicht schlugen fünf Männer drei Löcher in die hartgefrorene Erde auf einem Schräghang des Berges Dugen im Norden Iraks, unmittelbar vor der türkischen Grenze. Eine Frau kam durch heftigen Eisregen auf die fünf Männer zu. Sie weinte, aber sie hatte kaum Tränen, denn sie war so kraftlos und zu Tode erschöpft, wie es die Männer waren. Die Frau öffnete ein schmutziges Bündel, das sie an die Brust gepreßt getragen hatte und gab einem der Männer den Leichnam eines sehr kleinen Kindes. Der Mann legte den Leichnam in das erste Loch, das sich, wie die anderen, schon mit Wasser zu füllen begann.

Mühselig schaufelten die Männer die Grube zu. Dann hockten sie um das Grab, und einer von ihnen betete laut, und die anderen sprachen seine Worte leise nach. Die Frau weinte nicht mehr. Sie war zu schwach zum Weinen. Die Gesichter der Menschen trugen einen Ausdruck von stumpfer Ergebenheit. Der Tod kam auf diesem Schräghang des Berges Dugen und auf sehr vielen anderen seiner Hänge und Hochplateaus und in fast nicht mehr zu zählenden anderen Lagern anderer Berge jede Minute, jede Stunde, Tag und Nacht. Vor allem Kinder und alte Menschen starben vieltausendfach in der ungeheueren Menge von kurdischen Flüchtlingen, denen türkische Soldaten es mit größter Brutalität verwehrten, die Grenze zu überschreiten und in die Täler hinabzusteigen.

Zwei andere Frauen brachten zwei andere tote Kinder. Sie gehörten zur Familie der ersten Frau. In dieser Familie, die, wie alle hier, im Freien lebte, waren nachts drei Kinder und zwei alte Männer gestorben, auf fast zweitausend Metern Höhe, wo Kurden bei schneidendem Wind, Kälte, Regen und Schneestürmen auf Kleidung, Nahrung und Hilfe warteten, und Hilfe, Nahrung und Kleidung kamen nicht. Als Folge des Hungers und der Anstrengungen einer wochenlangen Flucht war die Milch in den Brüsten der Mütter versiegt. Deshalb hatten sie den drei sehr kleinen Kindern nur Zuckerwasser zu trinken geben können. Das Wasser war geschmolzener, schmutziger Schnee, anderes Wasser gab es nicht, und es war nur sehr wenig Zucker darin gewesen. Die Kinder hatten bald Fieber und Durchfall bekommen, und daran waren sie gestorben. Nun wurden auch die beiden anderen in Löcher gelegt, und das Beten fing wieder an.

Zweieinhalb Millionen Kurden flüchteten vor Saddam Husseins Soldaten, die entschlossen waren, mit Gewehren, Maschinengewehren, Bomben, Raketen und Napalm so viele von ihnen wie möglich zu töten. Dasselbe taten Soldaten des Saddam Hussein mit den Schiiten im Süden des Irak, nur nicht so offen, dort gab man keinem einzigen Kameramann die Chance zu filmen.

Nach Beginn des Golfkrieges hatte der amerikanische Präsident George Bush die Kurden aufgefordert, sich gegen den Diktator Saddam Hussein zu erheben und gegen ihn zu kämpfen, auf daß er stürze. Er, der amerikanische Präsident, werde ihnen mit allen Kräften helfen. Die Kurden hatten dem amerikanischen Präsidenten geglaubt, und sie hätten den Diktator zusammen mit amerikanischen Soldaten und Soldaten anderer Länder gewiß zu Fall gebracht, ihn und sein Mordregime, wenn der amerikanische Präsident George Bush nicht plötzlich und sehr zum Ärger seines Oberbefehlshabers Schwarzkopf erklärt hätte, der Krieg sei beendet, obwohl dieser Mann, Hussein, der, wie der amerikanische Präsident wenige Wochen zuvor und dann immer wieder gesagt hatte, schlimmer als Hitler war, weiter im Irak herrschte, mächtiger denn zuvor, und mit dem großen Menschenschlachten nun erst richtig begann. Die Erklärung des amerikanischen Präsidenten begriff nicht nur sein Oberbefehlshaber nicht, den meisten Menschen auf der Erde war sie unverständlich, jedoch nicht allen. Manche verstanden die Handlungsweise des amerikanischen Präsidenten sehr wohl.

Während es in diesem Jahrhundert zu einem weiteren Völkermord kam, ließ sich der amerikanische Präsident beim Golfspielen filmen, trat in leichter Sportkleidung vor die Kameras der Reporter und sagte, die Kurden täten ihm wirklich leid, aber er könne und werde sich nicht in die *inneren Angelegenheiten des Irak* einmischen, und er werde, bei Gott, nicht einen einzigen amerikanischen Soldaten in den Irak zurückschicken, nein, dies niemals, unter keinen Umständen.

Später, zu spät, viel zu spät, schickte er dann unter dem Druck der amerikanischen Öffentlichkeit, die geschockt war von den Fernsehbildern des Grauens, entgegen seinem Schwur doch amerikanische Soldaten zurück in den Irak, damit sie dort Zeltstädte für die Kurden bauten und ihnen beistanden mit Nahrung, Medikamenten und warmer Kleidung. Aber alles, was diese Soldaten bringen konnten, war grotesk wenig für zweieinhalb Millionen Menschen, und so ging das Sterben weiter bis auf den heutigen Tag, und niemand weiß, wie lange es noch weitergehen und wie viele Male schlimmer alles noch werden wird.

George Bush glaubte, daß ihm keine andere Wahl blieb, als das Versprechen, das er den Kurden gegeben hatte, zu brechen und sie im Stich zu lassen und den Krieg gegen Saddam Hussein so frühzeitig zu beenden, denn seine Hoffnung, die Kurden, Schiiten, ja die irakische Armee würden Saddam Hussein stürzen, hatte sich nicht erfüllt.

Seit dem Krieg in Vietnam lebten der amerikanische Präsident und sehr viele Amerikaner in der Furcht, noch einmal in einen Bürgerkrieg wie jenen in Vietnam zu geraten, denn in Vietnam waren sehr viele amerikanische Soldaten gefallen, und zuletzt war dieser Krieg für die Vereinigten Staaten verlorengegangen.

Der amerikanische Präsident wollte unter allen Umständen verhindern, daß derartiges noch einmal geschah. Als er sah, wie Hussein von innen nicht zu stürzen war, zog er sich darum schnell zurück und erklärte den Krieg für beendet. Die Amerikaner hatten den Mann, der schlimmer war als Hitler, vernichtend geschlagen, wie man in allen Fernsehkanälen sehen und von allen Kommentatoren hören konnte – wenn das auch nicht stimmte. Aus Sicht des amerikanischen Präsidenten stimmte es. Die Schiiten und Kurden hätten sich ja mehr anstrengen können, und außerdem waren die Kurden schon immer ein Ärgernis für jedermann gewesen, nicht nur für den irakischen Diktator, sondern auch für die Ayatollahs des Iran und für den Präsidenten Özal, der in der Türkei sein eigenes Folterregime führte, aber dessen Land zur NATO gehörte, weshalb man nicht sagen durfte, daß Özal ein Folterregime führte, da wäre er aber sehr böse gewesen und hätte der NATO keine Militärbasen und Flugplätze mehr zur Verfügung gestellt. Und wenn er die Kurden von den hohen Bergen nicht herab in sein Land kommen ließ, dann war das desgleichen eine innere Angelegenheit, in die man sich nicht einmischen durfte.

Die britische Zeitung *The Independent* schrieb empört, die Haltung des amerikanischen Präsidenten entspreche einem Szenario, wie es 1945 denkbar – aber damals eben noch undenkbar – gewesen wäre, nämlich diesem: Die Amerikaner hatten Nazi-Deutschland endlich besiegt. Sie hielten große Teile des Landes besetzt. Hitler war tot. So setzten die Amerikaner Göring an seine Stelle und ließen ihn weiter Unheil anrichten und die SS weiter in den Konzentrationslagern und in der deutschen Bevölkerung Menschen ermorden.

Der amerikanische Präsident las den *Independent* nicht, oder wenn er ihn las, dann war ihm dessen Empörung gleichgültig. Denn was George Bush trieb, das nennt man „Realpolitik".

Tatsächlich haben schon drei amerikanische Präsidenten mit Saddam Hussein „Realpolitik" getrieben. Dieser Mann war durchaus nicht immer Amerikas Feind und ein Verbrecher schlimmer als Hitler, oh nein. Er war ganz im Gegenteil durch eine lange Reihe von Jahren Amerikas Verbündeter, wie einer der drei Präsidenten sagte, *a man you could do business with*, ein Mann, mit dem man Geschäfte machen konnte.

Bis 1979 herrschte im Iran ein anderer Verbündeter Amerikas: Schah Reza Pahlewi. Wie Saddam Hussein führte er ein brutales Terror- und Folterregime. Na und? Er hatte versprochen, ein „Bollwerk gegen den sowjetischen Expansionismus" zu sein. Also erhielt er in größter Menge Waffen von den Amerikanern, um sich behaupten zu können, denn nicht alle Iraner liebten ihn. Bereits damals gingen die internationalen Rüstungsexporte zu achtzig Prozent in den Nahen Osten. Der Schah hatte sehr viel Öl anzubieten. Die Waffen kaufte er mit dem Geld, welches er für das Öl bekam und das, als „Petro-Dollars“, in seine Kassen zurückfloß. Jene Händler des Todes, die Waffen bauten und lieferten, hatten – wie die amerikanische Regierung – ein natürliches Interesse daran, daß der Ölpreis so tief wie möglich blieb.

Der Schah sah schließlich ein, daß er seinem Volk etwas mehr bieten mußte als Angst, Folter und Mord, denn es gab bereits schwere Unruhen im Land. Also entschloß sich der Schah, auch aus Ehrgeiz, einen modernen Staat mit guten Straßen, Schulen, Krankenhäusern und eigener Industrie aufzubauen. Dazu brauchte er natürlich sehr viel Geld. Und nun beging er den niemals verzeihbaren, den unentschuldbaren, den ungeheuerlichen Fehler: *Er erhöhte den Ölpreis.*

Und da war er nicht mehr Amerikas Liebling. Da ließ ihn Amerika fallen und rührte keine Hand, als islamische Fundamentalisten, geführt von dem Ayatollah Chomeini, den Schah verjagten und die neuen Herren des Iran waren.

Zum erstenmal wurde Saddam Hussein, Diktator und Folterspezialist im Irak, Amerikas neuer Liebling, der *man you can do business with,* am 4. November 1979, als fanatische Iraner in Teheran die Botschaft der Vereinigten Staaten besetzten und sechsundsechzig Amerikaner als Geiseln nahmen. Dieser Schock und die wachsende Angst vor einem sich ausbreitenden islamischen Fundamentalismus bestimmten seitdem die Handlungsweise von drei amerikanischen Präsidenten sowohl im Iran wie im Irak.

Nun wurde also Saddam unterstützt und mit Waffen beliefert, und der damalige Sicherheitsberater Brzezinski sagte: „Der Irak garantiert uns das Gegengewicht zum Iran, und dieses sollten wir kultivieren." Amerika war begeistert, als Saddam den Iran des Ayatollah Chomeini überfiel. Die Amerikaner lieferten Saddam nach eigenen Angaben allein seit 1986 Waffen im Wert von über eins Komma fünf Milliarden Dollar. Andere Länder, wie Frankreich und Deutschland, lieferten auch – ohne daß dies Washington gestört hätte, denn die Amerikaner waren besessen von dem Gedanken: „Chomeini darf diesen Krieg nicht gewinnen."

Als Saddam im August 1988 mit Giftgas Tausende von Kurden ermordete, Männer, Frauen und Kinder, beschlossen das State Departement und das Weiße Haus, über diesen Dummejungenstreich hinwegzusehen.

Der Krieg dauerte acht Jahre, kostete eine Million Menschen das Leben, und Saddam gewann. Die Reagan- und später die Bush-Administration nahmen keine der furchtbaren Menschenrechtsverletzungen Saddams zur Kenntnis: Der Mann wurde gebraucht. Und er blieb Amerikas Liebling, bis er ebenso Unverzeihliches tat wie vor ihm der Schah.

Auch Saddam sah ein, daß er das Land nicht länger nur mit Terror beherrschen konnte. Auch er wollte einen modernen Irak. Auch er brauchte dazu Geld. Er hatte aber alles Geld im Krieg gegen den Iran ausgegeben. Kuwait weigerte sich, den versprochenen finanziellen Beitrag für diesen Krieg zu erstatten. Saddam sprach mit der amerikanischen Botschafterin April Glaspie am 25. Juli 1990 ganz offen darüber, daß er beabsichtige, in Kuwait einzumarschieren, das ihm, so sagte er, Öl aus irakischen Quellen gestohlen hatte und außerdem ein Teil des Iraks war – und Saddam hatte schon im Mai offiziell bekanntgegeben, er werde mehr und teuereres Öl verkaufen. Was Kuwait anging, so sagte ihm die amerikanische Botschafterin April Glaspie, hätten die Vereinigten Staaten betreffend Differenzen unter arabischen Staaten nichts zu erklären, auch nicht zu seinem Streit mit Kuwait. Das nahm Saddam ernst und überfiel Kuwait. Die Falle schnappte zu. Der amerikanische Präsident war empört: Dieser ungeheuere Fall von Aggression durfte sich nicht bezahlt machen!

Es ging und es geht in dieser ganzen langen und grausigen Geschichte um Öl und seinen Preis. Um nichts anderes.

Auch der Emir von Kuwait hat Öl. Darum sehen die Amerikaner tatenlos zu, wie im Auftrag dieses Emirs im „befreiten" Kuwait Iraker, Kuwaitis, Palästinenser gefoltert und ermordet werden. Amnesty international hat den Emir und sein Regime ebenso der schwersten Menschenrechtsverletzungen angeklagt wie den Diktator Saddam Hussein. Na und? Der Emir hat Öl. Saddam hat Öl. Die Schiiten und Kurden haben kein Öl. Der amerikanische Präsident schließt sie in seine Gebete ein. Er ist ein frommer Mann, wir haben im Fernsehen beobachten können, wie häufig er während des Golfkrieges zur Kirche ging.

So also steht es in diesem Frühling im Jahr der Lüge, des Völkermords, des Elends und des Todes eintausendneunhundertundeinundneunzig um das, was George Bush und seine Männer sich seit langem als NEW WORLD ORDER, die NEUE WELTORDNUNG, erträumt haben.

„Der Golfkrieg bedeutet die Morgendämmerung der Pax Americana."

Das schrieb ein Mann namens Joshua Muravchik am Freitag, dem 25. Januar 1991, als Gast-Kommentator in der *New York Times.* Muravchik arbeitet im American Enterprise Institute, eine Denkfabrik, aus der die meisten prominenten Politiker der Reagan-Bush-Administration kommen.

Muravchik erklärte in seinem Kommentar auch: „Diese Pax Americana wird nicht gegründet sein auf Herrschaft über andere Völker, sondern sowohl auf Überzeugung und Beispiel wie auf Macht. Pax Americana bedeutet, daß ein großer und immer weiter wachsender Teil der Welt nicht nur die Freuden von Bluejeans, Rock-Musik und BigMacs erfährt, sondern auch das amerikanische Konzept dafür, wie Nationen geführt werden sollen und wie sie sich zu betragen haben."

Und in einer Rede vor seiner Wahl zum Präsidenten sagte George Bush: „Wir retteten Europa, fanden den Schutz vor Kinderlähmung, flogen zum Mond und erleuchteten die Welt mit unserer Kultur. Nun stehen wir vor dem Anfang eines neuen Jahrhunderts, und wessen Landesnamen wird dieses Jahrhundert tragen? Ich sage, es wird ein weiteres amerikanisches Jahrhundert sein."

Ich habe ein Buch darüber geschrieben, wie unsere Erde durch Verbrechen der Menschen an der Natur zerstört wird. Ich möchte zu Ihnen heute darüber sprechen, wie diese Erde durch Verbrechen von Menschen an Menschen zerstört wird. Wir haben es mit den zwei Seiten der gleichen Münze zu tun: hier das ökologische Verbrechen, da das politische. Gemeinsam garantieren sie die Vernichtung der Erde. Es ist vielleicht nur eine kleine Erde, aber sie ist alles, was wir haben. Noch können wir die Vernichtung verhindern.

Nicht mehr lange.

Die NEUE WELTORDNUNG verdankt ihre Entstehung dem Niedergang des Kommunismus und dem Ende des Kalten Krieges. Als dieser tobte, gab es zwei Supermächte. Heute gibt es nur noch eine – die Vereinigten Staaten von Amerika.

Ich zitiere an dieser Stelle einige Absätze aus einem Artikel, der vor fast genau einem Jahr, in der *ZEIT* vom 18. Mai

1990, erschienen ist. Der Artikel trägt die Überschrift „Wer rettet uns vor uns selber?“, und sein Verfasser ist der Schriftsteller Robert Littell, wohnhaft in New York.

„Viele Jahre ist es her“, schrieb Robert Littell, „seit Nikita Chruschtschow vor den Vereinten Nationen mit seinem Schuh auf den Tisch schlug und rief: ‚Wir werden euch zu Grabe tragen!‘ Inzwischen hat umgekehrt der Kapitalismus den Kommunismus überlebt und steht nun an dessen offenem Grab. Doch bei all dem Lärm, den die fröhlichen Trauergäste machen, vermisse ich zwei Dinge. Zum einen warte ich noch immer auf eine einzige Träne dieser Trauergemeinde.

Warum sollten wir bei diesem glücklichen Anlaß weinen? Wir sollten es im Gedenken an die Besten und Klügsten unter uns tun, die einst zu Millionen ihr Leben einer Idee opferten: während der bolschewistischen Revolution; in den zwanziger und dreißiger Jahren in der Sowjetunion, als man noch an eine mutige, neue Welt glauben konnte; im Spanischen Bürgerkrieg; im Widerstand gegen Hitler. Denn hinter der Grundidee des Kommunismus stand die Vision einer optimistischen, idealistischen Menschheit: der Gedanke, daß Menschen ihre besten Gaben der Gesellschaft zur Verfügung stellen und dafür alle ohne Unterschied bekommen, was sie zum Leben brauchen.“

Das schrieb Robert Littell, wohnhaft in New York, und ich füge hinzu: Wir sollten auch über Größe und Elend des Mannes Michail Gorbatschow trauern, der so viel Gutes tun wollte und getan und so vielen Ländern die Freiheit gebracht hat, darunter Ostdeutschland, und der in seinem eigenen Land fast vor dem Ende steht.

„Wir sollten“, schrieb Robert Littell, „auch um uns selbst trauern, weil wir diese Vision nun nicht mehr haben; weil wir zu dem Schluß gekommen sind, daß die Menschheit nicht dazu taugt; weil wir erkennen müssen, daß eine Gesellschaft besser funktioniert, wenn sie vom Streben nach Profit geprägt ist, von Habgier, von einem Instinkt, der normale Menschen zu Konsumenten macht und sie dazu bringt, weltliche Güter anzuhäufen allein um der Anhäufung willen."

Das zweite, das Robert Littell bei den Trauergästen vermißte, ist Furcht.

„Wir sollten uns", schrieb er, „vor einem zügellosen und übermütigen Kapitalismus fürchten. Der Kommunismus oder auch der sowjetisch geprägte Sozialismus hatte durch seine bloße Existenz jahrelang erheblichen Einfluß auf die kapitalistische Welt. Man braucht bloß an den Wohlfahrtsstaat in England, Frankreich oder den Vereinigten Staaten zu denken oder an die Macht der Gewerkschaftsbewegung in vielen Ländern: Auf jeden Fall tat es dem Kapitalismus gut, sich mit einem anderen System auseinandersetzen zu müssen.

Was zwingt heute die Kapitalisten dieser Welt noch zur Anständigkeit, wenn die Alternative in einem namenlosen Massengrab beerdigt wird?" schrieb Littell. „Was wird sie davon abhalten, die unentwickelten und unterentwickelten Länder der südlichen Hemisphäre auszubeuten? Wo schließlich bleibt bei all der Selbstbeweihräucherung und Selbstzufriedenheit im Westen die kritische Auseinandersetzung mit den Fehlern des Kapitalismus? Immerhin war es der amerikanische Kongreß und nicht die *Prawda,* der in der Blütezeit kommunistischer Propaganda offenlegte, daß dreißig Millionen Amerikaner jeden Abend hungrig zu Bett gehen müssen.

Der Kapitalismus", so Littell, „hat den Kommunismus überdauert und zu Grabe getragen. Werden wir jetzt der Versuchung widerstehen, daraus zu folgern, der Kapitalismus habe den Stand der Vollkommenheit erreicht? Werden wir aufhören, unser System zu verbessern? Ich fürchte, ja. Und deshalb empfinde ich keine Freude angesichts der gegenwärtigen Schmerzen und Sorgen jener Menschen, die wir einst Kommunisten nannten." Soweit der Schriftsteller Robert Littell.

Als der Arbeitsminister Norbert Blüm in jene Gegend kam, in welcher die Ungarn einst die Massenflucht der DDR-Bürger aus ihrem Land nach Österreich zuließen, wurde er gefragt, ob er wisse, wo er stehe. Norbert Blüm erwiderte, herzlich lachend: „Ich stehe auf dem Grab des Sozialismus!"

Ich, Simmel, glaube nicht, daß der Sozialismus tot ist. Ich glaube, daß er weiterexistieren wird, solange es sehr reiche und sehr arme Menschen auf dieser Welt gibt, und darum wird er wohl noch lange existieren müssen. Ich kann und will auch nicht glauben, daß ein Kapitalismus, der das Elend der Dritten Welt nicht beseitigen kann und will, daß ein Kapitalismus, bei dem tagtäglich allein in der Dritten Welt vierzigtausend Kinder verhungern, das Beste ist, was menschlicher Geist in Jahrtausenden hervorbringen konnte. Sollte es dem menschlichen Geist in der Tat unmöglich sein, Besseres zu ersinnen, dann ist das für mich ein Grund zu unendlicher Trauer.

In Parenthese: Was unsere Landsleute in der DDR vorgesetzt bekamen, war nicht Sozialismus, sondern eine gräßliche Perversion desselben, produziert von einem kriminellen Regime.

Lassen Sie mich zu meinem Thema, der NEUEN WELTORDNUNG, zurückkehren. Ihre Gründerreligion war der Antikommunismus. Soziale Gerechtigkeit (und die wollte der Kommunismus ja immerhin) ist also in Zukunft ein

Anti-Thema – und das in einer Welt, in der es täglich ungerechter zugeht, einer Welt, die sich täglich mehr zwischen Arm und Reich polarisiert.

Die Pax Americana wird eine Pax des Kapitals sein. Ihr erstes Opfer: die Dritte Welt. Denn die Dritte Welt spielt, wie das im Kapitalismus heißt, „keine Rolle im Produktionsprozeß". Es wäre sehr schwer, dauerte sehr lange und verlangte ungeheuere Investitionen, um sie dahin zu bringen. Und wer will das schon – um danach Konkurrenz zu haben? Die NEUE WELTORDNUNG will das ganz gewiß nicht. Was es in der Dritten Welt an Bodenschätzen gibt, das will sie. Aber dazu ist es nicht nötig, der Dritten Welt zu helfen. Im Gegenteil, wenn man ihr nicht hilft, ist es viel leichter, sich einfach zu holen, was man will.

Also?

Also wird die NEUE WELTORDNUNG die Dritte Welt kriminalisieren und erklären, von dort käme Aids, dort säßen Rauschgiftbosse. Man wird Stammesfehden organisieren und dafür sorgen, daß sich die Menschen selbst dezimieren. Das meiste wird der Hunger besorgen. Millionen werden an Hunger sterben, an Seuchen, im Elend. Hunderttausende sterben heute schon, und sehr wenig – wenn überhaupt – wird darüber noch gesprochen und geschrieben.

Die Militärs – und in erster Linie sind sie es, welche die NEUE WELTORDNUNG durchsetzen mit dem Fanatismus von Gläubigen einer neuen Religion –, die Militärs haben ihre Macht nicht nur immer behalten, sondern sie nun um ein Vielfaches erhöht mit ihren Geheimdiensten und mit den neuen Waffensystemen. Tatsächlich haben die Vereinigten Staaten schon längst ihre gesamte militärische Planung umgestellt.

In diesem Frühjahr fanden zwei Konferenzen statt – die eine in London vom 20. bis 22. März, die andere in Brüssel vom 25. bis 27. März. Vor mir liegen Einladungen zu diesen Konferenzen sowie ausführliche Erläuterungen über ihren Sinn. Der Titel der Konferenzen lautete: „Europäischer Vorausblick 1991 auf *special operations and low intensity conflicts*", also auf „Spezielle Operationen und Konflikte von niederer Intensität", abgekürzt zu SOFLIC (wobei das F für *Forces* steht).

In einer der Einladung beigefügten Broschüre werden bereits die für derartige Konflikte am besten geeigneten neuen Entwicklungen (die *smart weapons,* die „klugen Waffen" des Golfkrieges, Entzücken jedes Militärs rund um die Welt) vorgestellt mit der Werbung: *smaller, more deployable, as lethal as can be* – also „kleiner, besser einsetzbar und so tödlich wie nur möglich".

Eine Grundsatzerklärung beginnt folgendermaßen: „Mit der Entspannung auf militärischem Bereich in Europa ändern sich die Pläne und Prioritäten der Regierungen. Die Ereignisse im Golf haben unsere Besorgnis darüber erhöht, daß Europa signifikant hinter den Vereinigten Staaten im Rückstand liegt, was seine Möglichkeiten zu schnellstem Einsatz, Versorgung und Kommando von in höchstem Grad wirksamen Kampfeinheiten auf unbekanntem Territorium betrifft. Die Zuverlässigkeit der Waffen und alle logistischen Probleme müssen sofort den veränderten Bedingungen angepaßt werden ... Kein für Verteidigung Verantwortlicher, der die neuesten Entwicklungen ernst nimmt, darf es sich leisten, diese einmalig alle Probleme umfassende Konferenz zu versäumen."

In weiteren Vorausinformationen werden Militärexperten aller westlichen Staaten als Referenten angekündigt, darunter auch ein Repräsentant des Bundesverteidigungsministeriums mit einem Bericht über „Deutsche Beschaffungs-Pläne für SOFLIC".

Die NEUE WELTORDNUNG ist also eine Ordnung durch Gewalt. Jeder, der protestiert – etwa gegen Ausbeutung, Elend, Verhungern, Ungerechtigkeit oder Not –, wird so in Schach gehalten und, wenn sein Protest Ausmaße annimmt, welche die Amerikaner nicht mehr dulden können, durch SOFLIC vernichtet werden. Anders ausgedrückt: Das Gras darf bis zu einer gewissen Höhe wachsen. Wächst es höher, kann man es sofort niedermähen – mit den klugen Waffen, die kleiner, besser einsetzbar und so tödlich wie möglich sind. Die NEUE WELTORDNUNG bedeutet in der Tat Ordnung: jene des Friedhofs.

Denn eine Ordnung, die auf Gerechtigkeit und der Einsicht beruht, daß *jeder Mensch eine ganze Welt ist* und das Recht hat, seine Meinung zu sagen, ist immer sehr unordentlich. In einer Demokratie gibt es dauernd Streit. In einer guten Familie geht es laut zu. Für Militärs ist eine solche Art von Unordnung widerwärtig und unzulässig.

Doch diese Welt befindet sich im Aufruhr. Das bedeutet, daß es nach der NEUEN WELTORDNUNG nun andauernd Kriege von *low intensity* geben wird, insbesondere zwischen Nord und Süd. Alle, welche diese NEUE WELTORDNUNG stören, werden Ziele von High-Tech-Waffen sein. Kein einziges Menschheitsproblem kann so gelöst werden, wie denn auch der Golfkrieg kein einziges Problem gelöst, sondern noch viel mehr Probleme geschaffen hat. Mit der NEUEN WELTORDNUNG hält man all die ungelösten Probleme der Menschheit bestenfalls unter der Decke, doch dort fermentieren sie weiter, und eines Tages werden sie explodieren und die Menschheit vernichten.

Das Machtpotential der US-Militärs wird sehr bald auch deshalb ungeheuerlich sein, weil sie sich sehr bald die absolute Informiertheit über jeden einzelnen Bürger verschafft haben werden.

Ich sprach zu Beginn von den militärischen Geheimdiensten. Während des Kalten Krieges war der Gegner, über den man Bescheid wissen mußte, *außen.* Jetzt ist er *innen,* auch hier hat sich alles geändert, nicht nur bei den Waffen. Jeder einzelne Bürger muß nun überwacht und durchleuchtet werden – denn er könnte ja ein Feind der NEUEN WELTORDNUNG sein. So weit sind wir fast, auch in Deutschland.

Wer sich bei uns zum Beispiel gegen das Abhören seiner Telefongespräche schützen will, dem bieten Firmen Codierungsgeräte an. Aber vor kurzem hat das Innenministerium nur jene Geräte zugelassen, deren Codes die Lauscher kennen und somit weiter abhören können. Viele Rechte zum Schutz der Persönlichkeit wurden bei uns (und überall) bereits mehr und mehr durchlöchert beziehungsweise durch neue Gesetze, die eine Überwachung rechtens machen, ausgetauscht. Morgen schon wird die Welt von Orwells *1984* nur noch ein Scherz sein. Morgen schon kann jeder von uns hundertprozentig „erfaßt" werden. Die neuen Lauschgeräte erkennen Stimmen und Gesprächsinhalte. Nach der neuronalen Vernetzung können Informationscomputer alle gespeicherten Informationen analysieren und auswerten.

Die Sowjets sind wirtschaftlich in einer verzweifelten Lage. Militärisch sind sie noch immer eine Weltmacht – und also eine Gefahr für die Pax Americana und die NEUE WELTORDNUNG. Darum sieht sich das amerikanische Führungsestablishment natürlich mit dem sowjetischen Militär und dem KGB besser bedient als mit Perestroika und Glasnost des Michail Gorbatschow und mit jeder demokratischen Entwicklung in der Sowjetunion, denn diese schafft, erinnern wir uns, Unruhe. Ja, erinnern wir uns: Während des Golfkrieges versuchte Gorbatschow wieder und wieder zu vermitteln zwischen Saddam und Bush. Wir wissen, wie ostentativ sich Bush dafür immer wieder bei Gorbatschow bedankte, wenn er auch keinen von dessen Vorschlägen für ein Ende des Krieges annahm. Aber er dankte ihm inniglich für seine Bemühungen. Ich denke, Bush dankte vor allem den Führern der sowjetischen Militärmacht dafür, daß sie sich nicht in den Konflikt einmischten. Mit ihrem übertriebenen Schein-Dank an Gorbatschow haben die Amerikaner diesen in Wahrheit schwer desavouiert. In der NEUEN WELTORDNUNG taugt ein solcher Mann eben nichts mehr. Für das Pentagon stellte er schon immer ein Greuel dar.

Das Pentagon mußte zu Abrüstungsverhandlungen gezwungen werden, denn es konnte kein Interesse daran haben, daß in der Sowjetunion weniger „Ordnung" war durch weniger Soldaten und Waffen, also durch Abrüstung. Und was die sowjetischen Militärs angeht – sie sind keinesfalls besser als ihre amerikanischen Kollegen, bloß eben nicht im Besitz von klugen Waffen, so tödlich wie nur möglich. Die sowjetischen Militärs werden deshalb der NEUEN WELTORDNUNG dankbar sein, solange diese sich nicht einmischt in die Sowjetische Ordnung, also beispielsweise in das Vorgehen des sowjetischen Militärs in den baltischen Staaten, in Georgien, in allen Republiken, die unabhängig sein wollen, denn angesichts der wirtschaftlichen Misere könnten die sowjetischen Militärs Freiheitsbewegungen in der Sowjetunion niemals beherrschen oder niederschlagen, wenn die Amerikaner das nicht gutheißen würden.

Dazu sagt der Advocatus diaboli: Und was geschähe, wenn in der Sowjetunion die Armee *nicht* für Ordnung sorgte? Welch blutiges Chaos würde da ausbrechen zwischen so vielen verschiedenen Nationen, darunter islamisch-fundamentalistischen?

Und was den Krieg am Golf betrifft, meint der Advocatus diaboli: Amerika und seine Alliierten *mußten* eingreifen! Man denke doch bloß an die Bedrohung Israels! Saddam hat geschworen, es zu vernichten! Saddam trägt die Verantwortung dafür, daß im Irak gemordet, gefoltert und vergast wurde. Der Mann hat acht Jahre lang Krieg gegen den Iran geführt, was eine Million Menschen das Leben kostete. Der Mann hat Kuwait überfallen. Die Völkergemeinschaft der UN hat entschieden, mit Gewalt gegen ihn vorzugehen, weil sich Aggression wirklich nicht bezahlt machen darf. Viele Menschen waren begeistert. Die UNO hat zum erstenmal funktioniert. Das war großartig. Was hätten die Amerikaner denn tun sollen? Zusehen und schweigen? Sie haben bei Hitler viel zu lange zugesehen und geschwiegen. Sie allein besitzen heute neben der moralischen Integrität die *Stärke,* dafür zu sorgen, daß es nie wieder Bestien wie Hitler geben wird.

Sagt der Advocatus diaboli.

Stimmt das? Wird es sie nie mehr geben? Wer hat die Bestie Saddam Hussein, einen Mann schlimmer als Hitler, alle die Jahre zuvor geschützt und aufgerüstet? Und was ist heute los mit Saddam Hussein? Stellt er keine Bedrohung Israels mehr dar? Schwört er nicht mehr, es zu vernichten? Ist er tot, hat er gebüßt für seine unzähligen Verbrechen? Mir scheint, er ist immer noch da. Und mordet und foltert ärger denn je. Warum läßt die NEUE WELTORDNUNG ihn weiterwüten?

Dumme Frage, wir wissen, warum.

Wir wissen nun aber auch: Wenn sie es für nötig halten, schlagen die Männer der NEUEN WELTORDNUNG wieder zu – und zwar nicht nach dem Entscheid der UNO, sondern nach eigenem Entscheid. Die UNO wird nichts mehr zu sagen haben. Sie sagt ja jetzt schon nichts mehr. Oder sagte sie je: Wenn Saddam Hussein nicht *sofort* den Völkermord stoppt, wird man mit allen nur möglichen Mitteln gegen ihn vorgehen? Nein, das sagte die UNO niemals.

Die UNO sagt, die Satzungen verbieten ihr, sich in die inneren Angelegenheiten eines Landes einzumischen, also beispielsweise in einen Bürgerkrieg. Sie darf, sagt die UNO, auch bei Völkermord nicht eingreifen, die Satzungen sehen da nichts vor. Die UNO ist sehr traurig darüber. Nicht traurig sein, arme alte UNO. Es heißt, man wird jetzt Satzungen für Fälle von Völkermord schaffen. Natürlich wird dann die NEW WORLD ORDER bestimmen, wo so ein Völkermord vorliegt und wo nicht.

Wir sind es, die Grund haben, traurig zu sein. Denn müssen wir nun Politik nicht endgültig mit Mafia gleichsetzen?

Zwingt uns die NEUE WELTORDNUNG nicht zur totalen moralischen Selbstaufgabe?

Was also können wir tun?

Gibt es noch Hoffnung?

Es gäbe eine, eine Hoffnung gäbe es noch.

Sie lautet: *Weltweite Abrüstung.* Absolute Entmilitarisierung der Industriestaaten. Aufbrechen ihrer Macht-Kartelle. Bemühung um globalen Ausgleich und globale Gerechtigkeit.

Immerhin: Fast die Hälfte der amerikanischen Kongreßmitglieder war *gegen* den Krieg am Golf. Immerhin wurde von einer *peace-dividend* gesprochen, von einer Friedens-Dividende für alle, die abrüsteten. Davon ist nun keine Rede mehr. Die militärische Subkultur hat gesiegt. Sie hat gezeigt, wozu sie (noch) fähig ist.

Dies ist keine Anklage gegen Amerika. Dies ist eine Anklage gegen eine Vereinigung von amerikanischen Politikern und Militärs, die in der Welt immer mächtiger und mächtiger wird. Die NEUE-WELTORDNUNG-Herren sind nur noch auf eine einzige Weise ungefährlich zu machen: indem man ihnen das Geld entzieht.

Wer jährlich über dreihundert Milliarden Dollar Steuergelder für Rüstung verfügt, der ist nicht zu stoppen, durch nichts und durch niemanden. Nur wenn wir – weltweit und radikal – die globale Abrüstung durchsetzen, versiegen – weltweit – die Geldquellen für alle apokalyptischen Reiter der NEUEN WELTORDNUNG.

Das wäre die letzte Hoffnung, die es noch gäbe.

Wäre das wirklich noch eine Hoffnung?

Oder müssen wir ausschließen, daß Menschen imstande sind, in friedlicher Ordnung miteinander zu leben?

Ich weiß es nicht. Ich weiß nur dies: Eine friedliche Ordnung hat sich noch nie durchgesetzt. Die andere Art von Ordnung hat sich immer und immer wieder durchgesetzt und immer und immer größere Zerstörung, größere Not und größeres Leid gebracht.

Wir haben es, sagte ich zu Beginn, mit den zwei Seiten der gleichen Münze zu tun: wie unsere Erde durch Verbrechen der Menschen an der Natur zerstört wird – wie diese Erde durch das Verbrechen von Menschen an Menschen zerstört wird. Hier das ökologische Verbrechen – da das politische. Gemeinsam garantieren sie die Vernichtung der Erde. Es ist vielleicht eine kleine Erde, aber sie ist alles, was wir haben.

Noch, sagte ich, können wir die Vernichtung verhindern.

Nicht mehr lange.

Nun also: *Welt wohin?*

BEGEGNUNGEN UND ERINNERUNGEN

Die Pelzschlampe
Hommage an Marlene Dietrich

Beim Erstabdruck im Ausstellungskatalog Marlene Dietrich *erschien diese Erinnerung aus Gründen der Delikatesse unter dem Titel „Freundschaft am Telefon".*

„Selbst wenn sie nichts anderes hätte als ihre Stimme, könnte sie dir damit dein Herz brechen. Falls sie dadurch geheimnisvoll wird, ist es ein schönes Geheimnis." Der das – und vieles andere – über Marlene Dietrich schrieb, war Ernest Hemingway. Ich habe ihre Stimme fünf Jahre lang immer wieder gehört, und sie hat auch mich immer aufs neue glücklich gemacht. Es war die seltsamste Beziehung meines Lebens – und eine der wunderbarsten.

In jener Zeit hatte ich meine Frau verlassen und eine andere geheiratet. Diese Ehe geriet mehr und mehr zum Desaster. Marlene und ich sprachen miteinander in Monte Carlo und Cannes und vielen anderen Städten in vielen Ländern, meist nachts, deutsch oder französisch oder englisch. Wir sprachen über ihr Leben und mein Leben, über Tagesereignisse, Nazis, Neonazis, Film, Geschichte, Krieg, Israel (eine ihrer großen Lieben), Dummheit, Freunde, den Tod – es gab nichts, worüber wir nicht gesprochen hätten. Sie las täglich mehrere Zeitungen und Magazine, kannte alle interessanten Neuerscheinungen der internationalen Buchverlage und hörte ständig Nachrichtensendungen. Sie war unerhört gebildet, besaß einen ebenso klaren wie scharfen Verstand und vermochte in absolut grandioser Weise ordinär zu sein.

Wir schrieben einander sehr private Briefe, aber bis zuletzt blieben wir beim „Sie". Marlene schickte mir hinreißend frivole Gedichte, die zwischen drei und sechs Uhr nachts entstanden, wenn sie nicht schlafen konnte, alle ihre Plattenaufnahmen, Bücher und Photos mit innigsten Widmungen, und ich tat dasselbe mit meinen Büchern. Und dieser Frau, mit der mich eine gleichermaßen ungewöhnliche wie starke Beziehung verband, mit der ich so viele Stunden lang sprach, bin ich kein einziges Mal von Angesicht begegnet.

In einer Herbstnacht des Jahres 1979 läutete in meiner Wohnung in Monte Carlo das Telefon. Als ich abhob, sagte eine Frauenstimme: „Hier ist Marlene Dietrich." – „Und hier ist Mao Tse-tung", sagte ich und legte den Hörer auf die Gabel. Wieder läutete es, und wieder meldete sich eine Frauenstimme: „Ich bin wirklich Marlene Dietrich, und ich möchte mich mit Ihnen unterhalten!"

Sie erzählte, sie hätte eines meiner Bücher in französischer Übersetzung gelesen und sei so angetan gewesen, daß sie ihren Freund, den Textdichter Max Colpet, nach meiner Adresse fragte.

In jener Nacht sprachen wir über Literatur, und sie sagte dabei das Klügste, das ich jemals zu hören bekam. Sie berichtete von Autoren, die sie bewunderte, vor allem vom größten und besten – für sie und für mich –, Ernest Hemingway. Ich erinnere mich, daß ich einen Film nach einem seiner Romane erwähnte, und sie sagte: „Ich habe ihn nicht gesehen – ich liebe das Buch zu sehr."

Während unserer Beziehung, davor und danach bis zu ihrem Tod, lebte sie in einer Pariser Mietwohnung – 12, avenue Montaigne, gegenüber dem Hotel Plaza-Athénée. In jener Zeit war ich oft in Paris und einige Male im Plaza.

Ich wußte, hinter welchen Fenstern des Hauses auf der anderen Straßenseite sie wohnte, und rief wieder und wieder an, doch sie gestattete mir nie, zu ihr zu kommen. Bei einem Konzert war sie in den Orchestergraben gestürzt und hatte sich ein Bein gebrochen. Im Krankenhaus, so ihre Erzählung, mußte sie endlose Wochen auf dem Rücken liegen, konnte sich wegen eines Streckverbands kaum bewegen, erhielt einen weiteren Verband und Bewegungstherapien, die sie derart erschöpften, daß sie darauf bestand, entlassen zu werden. Der Bruch heilte nie mehr, und so verbrachte sie ihre letzten Jahre im Bett und machte der Welt vor, sie fliege zwischen Los Angeles und Oslo, zwischen Johannesburg und Tokio hin und her. Es gab keine Stimme, die sie nicht täuschend ähnlich nachahmen konnte – und damit war sie dann oft ihr Chauffeur, ihre Haushälterin, der Concierge, die bekanntgaben, Madame befände sich auf Reisen und sei nicht zu erreichen. Unendlich tapfer und unendlich allein war diese Frau. Die Welt liebte sie und ihre Lieder und Filme. Und nicht ein einziges Mal wurde sie für einen „Oscar" auch nur vorgeschlagen.

„Wie die Garbo", sagte ich. – „Oder Chaplin", sagte sie. „Dann gibt es noch einen *Academy Award.* Ich nenne ihn den ‚Totenbett-Oscar'. Da sagen sie sich, mein Gott, ihr ganzes Leben lang haben wir sie – oder ihn – übersehen, jetzt ist sie – oder er – alt und krank, nu aber nischt wie ran! Da weißt du dann, gleich wirste tot sein."

Nicht einmal den „Totenbett-Oscar" haben sie Marlene Dietrich gegeben.

Sie arbeitete mit den größten Regisseuren und Schauspielern, sie liebte Richard Tauber, Michael Todd, Edith Piaf, Jean-Pierre Aumont, Jean Gabin, den Komponisten und Arrangeur Burt Bacharach, die Autoren Erich Maria Remarque, Bertolt Brecht, Konstantin Paustovsky und ganz besonders Ernest Hemingway, sie verehrte den Arzt Michael Debakey, Ernst Lubitsch, Billy Wilder, Alexander Fleming, der das Penicillin entdeckte, Jean Cocteau, den Tänzer Rudolf Nurejew, den Bildhauer und Maler Alberto Giacometti, Igor Strawinsky, den Präsidenten Franklin Delano Roosevelt, Orson Welles, Charles Chaplin und so viele, viele andere, sie sang in den berühmtesten Konzertsälen der ganzen Welt und, oft unter Lebensgefahr, drei Jahre lang für die Soldaten der Alliierten in Afrika, Sizilien, Italien, Holland, Belgien, Frankreich und der Tschechoslowakei, und da gab es viele Hunderte von Geschichten zu erzählen, auch diese: Ihre Freundin Lilly Palmer spielte, sehr jung noch, in dem englischen Film *Ungeduld des Herzens* nach dem einzigen Roman von Stefan Zweig ...

„... englisch hieß er *Beware of Pity,* also ‚Hüte dich vor Mitleid', das war der viel bessere Titel, denn Zweig ging es um zweierlei Mitleid – das echte, das entschlossen ist, geduldig und mitduldend alles durchzustehen, und das falsche, das eben nur *Ungeduld des Herzens* ist und sich möglichst schnell freimachen will von der peinlichen Ergriffenheit vor fremdem Unglück ... Verweht das alles heute, kommt aus einer anderen Zeit, und doch sollten wir gerade heute alle Mitleid füreinander haben, *echtes* Mitleid, aber wir haben es nicht ..."

Als die Nazis an die Macht kamen, organisierten Ernst Lubitsch, Billy Wilder und Marlene das „Hollywood-Komitee" ...

„... wir sammelten Geld, und durch einen Kontaktmann in der Schweiz – er hieß auch noch Engel – gelang es uns, Menschen aus deutschen Konzentrationslagern zu holen, damals war das noch möglich. In der Schweiz – alles ging nur heimlich und durch Engels Beziehungen zu Widerstands- und Untergrundbewegungen – wurden diese Menschen zunächst versorgt, dann brachten wir sie, ebenso illegal, nach Amerika. Viele waren derart gebrochen, seelisch und körperlich, daß sie bald starben, anderen konnten wir einfach keine Arbeit verschaffen und unterstützten sie immer weiter, aber mit vielen klappte es, und sie wurden wieder glücklich ... natürlich nicht *glücklich,* Sie verstehen schon", erzählte sie am Telefon, immer und alles am Telefon, und um diese Geschichte sofort schnoddrig zu kontern, ließ sie ein Bonmot folgen, das bezeichnend für sie war.

Chou heißt im Französischen „Kohl", aber auch sehr zärtlich „Liebling".

Prompt empörte Marlene sich darüber, daß Marguerite Duras ein Buch und einen Film mit dem Titel *Hiroshima mon amour* geschrieben hatte. „Jetzt", rief sie, „werde ich ein Buch schreiben – *Auschwitz mon petit chou*!"

Nach langer Zeit kam ich wieder zu meiner ersten Frau. Marlene, Zeugin unseres späten Glücks, zog sich voll Takt mehr und mehr zurück und beendete unsere Beziehung im Jahr 1985.

Und Deutschland, ihre Heimat?

„Marlene marschierte an der Seite der Widerstandskämpfer und unversöhnlichen Feinde alles Deutschen ... es wäre für sie und für uns besser, sie bliebe dort, wo sie ist", schrieb das *Badische Tagblatt* am 24. März 1960. In vielen Zeitungen waren die Kommentare ähnlich, und in den großen Städten bekam Marlene Dietrich anonyme Briefe. Hier einer der Texte: „Schämen Sie sich nicht, als gemeine und schmutzige Verräterin nochmals deutschen Boden zu betreten? Sie gehören gelyncht, da Sie die elendigste Kriegsverbrecherin sind."

Am 3. Mai 1960 gab es für die Berliner Polizei vor und im Titania-Palast Großeinsatz, nachdem Anrufer mit Tumulten gedroht und erklärt hatten, in den Gängen des Zuschauerraums 500 weiße Mäuse freilassen zu wollen.

„Ich fühle mich“, sagte Marlene vor dem Konzert einem Freund im Hotel Hilton, „als würde ich zu meinem Nürnberger Prozeß gehen.“

Beim Titania-Palast gab es Zusammenstöße mit Menschen, die sie „Verrätersau“, „Pelzschlampe“ und vieles andere nannten und Tafeln mit Aufschriften wie „Marlene go home“ und „Hau ab, Marlene!“ trugen. Doch es gab auch eine alte Frau mit Kopftuch und Schal, die auf sie zuhinkte und sagte: „Na, Marlene, wollnwa uns wieda vatragn?“ Und die beiden umarmten und küßten einander.

Es war Marlenes Wunsch, in Berlin auf dem Friedhof Friedenau neben ihrer Mutter beerdigt zu werden. Mittlerweile ist ihr Grab zweimal geschändet worden. Jetzt wird es von der Polizei bewacht.

Armes Baby Sozialismus
Salut für Stefan Heym

Festrede zum 85. Geburtstag von Stefan Heym, 23. April 1998, Berlin

Sehr geehrte Damen und Herren, liebe Freunde, geliebte Inge, mein lieber spät gefundener Bruder Stefan!

Das Schwierigste bei so einer Laudatio ist immer der Anfang. Ich habe hin und her überlegt, und schließlich bin ich zu der Überzeugung gekommen, daß es das beste ist, mit etwas Heiterem zu beginnen – ernst wird es schnell genug werden. Findest du das richtig, Stefan? (Reaktion) Na bitte. Immer eine Freude, wenn man's mit einem Profi zu tun hat.

Alsdern. Bei unserem Jubilar handelt es sich um einen ungewöhnlichen Mann.

So um 1970 herum findet Stefan Heym, daß er sich eine Pause gönnen darf bei der beständigen politischen Einmischung in die Kämpfe der Zeit und daß er sich in all der Ernsthaftigkeit eine lustige Einlage verdient hat. Und so schreibt er zur Erholung eine Geschichte, die ihm garantiert keine neuen Zores bringen und nur Erheiterung auslösen kann.

Was meine Erheiterung auslöst, liest sich bei Heym, eine Kostprobe, so:

> Mit zitternden Fingern knöpfte ich die Pyjamajacke auf. Für Brüste waren die Brüste im Spiegel nicht schlecht, mit sehr hübschen Brustwarzen, die mich bei einer ande-

ren Frau interessiert hätten. Bei einer anderen *Frau*? Ich war doch ein *Mann*! Ich griff nach unten. Jesus Maria!

Die Geschichte von dem nach Prof. Dr. Dr. h. c. Anatol Wachsmuth genannten Syndrom handelt von einer Pandemie, die urplötzlich über die Menschheit kommt und in deren Verlauf sämtliche Männer, Professor Wachsmuth eingeschlossen, auf unerklärte Weise zu Frauen mutieren, was à la longue das Aussterben der Menschheit bedeutet hätte, wenn nicht zu guter Letzt in einer DDR-Kleinstadt ein Baby männlichen Geschlechts geboren würde, das sich als mutationsresistent erweist und so den Fortbestand der Rasse garantiert und zugleich die Devisenkasse der Regierung auffüllt, welche die Naturschätze von Baby Otto, so heißt das Kind, bereits im voraus verhökert.

Diese muntere Geschichte erscheint zuerst nicht in der DDR, sondern in einer mit zwölffarbigen Linolschnitten geschmückten Sonderausgabe bei der Westberliner Handpresse. Die Sache wäre folgenlos geblieben, wenn der *Spiegel* nicht eine Besprechung gebracht hätte samt Wiedergabe eines der Linolschnitte. Dieser Linolschnitt zeigt, reduziert etwa auf Briefmarkengröße, eine Titelseite der *Prawda*, und man erkennt ein Bild des Genossen Leonid Iljitsch Breschnew als Mutante mit schwerem russischen Ammenbusen. Das Bild ist aus der Phantasie des Künstlers entstanden, nicht aus jener des Stefan Heym. In dessen Geschichte hat es nur geheißen, das Politbüro der KPdSU habe, nachdem die Mehrheit seiner Mitglieder mutiert war, verlautbaren lassen, daß sich an der bewährten Politik von Partei und Regierung wie immer nichts ändern würde.

Kaum zu glauben, aber der Genosse Abrassimow in der sowjetischen Botschaft Unter den Linden findet die Sache überhaupt nicht komisch, sondern nimmt sie als Majestätsbeleidigung, und es gibt einen gewaltigen Krach, und der Herr Heym hat Zores über Zores, und so sieht das also aus, wenn er sich mal eine heitere Einlage gönnt.

Jetzt hätte ich den Anfang meiner Laudatio hinter mir, und alles läuft leichter. Ich möchte gerne noch eine Geschichte zum besten geben, die heiter ist, aber durchaus schon zum Ernsthaften führt.

Alsdern:

1972 veranstaltet die australische Stadt Adelaide ein Kulturfestival. Es werden auch Schriftsteller geladen, einer tunlichst aus dem Bereich des Sozialismus, so schreibt die Regel es vor. Und da gibt es schon Ärger im Ministerium des Genossen Haid, der unter allen Umständen verhindern will, daß ausgerechnet ein Mann wie Heym nach Australien fliegt. Der Genosse Haid bleibt erfolglos, und der Genosse Heym fliegt und hat eine feine Zeit in Australien. Auf dem Flugplatz dann, zwanzig Minuten vor dem Start zum Heimflug, will der australische Genosse Millis von der Parteizeitung *Tribune* noch ein Interview zum Thema Sozialismus in der DDR. Was anschließend passiert, hat Stefan aufgeschrieben.

Dem Genossen Mills erklärt Stefan Heym, und so steht es dann auch gedruckt: *I feel that socialism is our baby. Now if the poor child is cross-eyed, bowlegged and has scabs on its head, you don't kill it, you try to heal it.* Eine recht anständige Erklärung, wird man mir zustimmen (schreibt Heym), vielleicht etwas leger, aber durchaus loyal: Der Sozialismus, meine ich, ist unser Baby. Wenn nun das arme Wurm schielt, O-Beine hat und Grind auf dem Kopf, so bringt man es deshalb doch nicht um, sondern man versucht es zu heilen. – Kaum ist er wieder zu Hause, wird er zum Genossen Haid beordert. Der begrüßt ihn: Sie haben in Australien behauptet, der DDR-Sozialismus hätte die Krätze. – Stefan Heym: dessen könne er sich nicht entsinnen. – Stumm deutet Haid auf den Ausschnitt aus der *Tribune.* – Hier irre, sagt Heym, der Übersetzer. *Scabs* heißt Grind, Krätze sei *scabies;* nur in übertragener Bedeutung, und das sehr selten, verwende man *scabs* im Sinne von Krätze. – Dann eben in übertragener Bedeutung, weist Haid ihn zurecht. Und fragt grämlich, wie er denn, wenn er die DDR so verleumde, erwarten könne, daß man ihn noch einmal ins Ausland fahren lassen werde. Krätze!

Und damit, Damen und Herren, liebe Freunde, habe ich mich schon listig in den großen Ernst dieser Laudatio hineingeschlichen, sozusagen medias in res, nämlich zum armen Baby Sozialismus, das man zu heilen versuchen muß. Dies ist für mich der Dreh- und Angelpunkt im Leben meines Freundes Stefan. Ich werde gleich erklären, warum. Zuvor, wenn Sie gestatten, ein paar Stichworte zu den Ritten des Stefan Heym von einem Bodensee zum anderen. Aber vergessen Sie bitte nicht das Stichwort „armes Baby Sozialismus“!

Heym also. Geboren in Chemnitz. Jude und Kommunist. (Jude allein genügte ihm nicht.) 1933 von den Nazis aus dem Land gejagt. Journalismus in Prag. Studium und größtes Elend in New York. Drucker und Chefredakteur des *Deutschen Volksechos.* Erster Roman. *Hostages,* später deutsch *Der Fall Glasenapp.* Riesenerfolg. Rein in die Army! Blut und Tod nach dem Tag D in der Normandie. Bei Kriegsende Aufbau der ersten Zeitungen gemeinsam mit Hans Habe. Bekommt bald kaum noch Luft zum Atmen vor Grausen darüber, wie naive Amis und alte Nazis entzückt zueinanderfinden und wie unbelehrbar viele, viele Deutsche geblieben sind. Empört sich deshalb öffentlich. Rückruf in die Staaten. Bedrängnis durch den Senator McCarthy. Wieder nach Europa. Bittere Odyssee Paris – Zürich – Warschau – Prag – Ostberlin. Endlich daheim im Sozialismus! Haste gedacht. Nun geht's erst richtig los. Auf einer Mai-Kundgebung marschiert Heym mit den Arbeitern. Originalton Stefan: „Sie sind mißtrauisch; wer ist dieser Mann an ihrer Seite, der soviel fragt und solche Sprüche klopft? Also gibt er sich zu erkennen; er ist Schriftsteller. – Ah, so – und woher kommst du, daß du unseren Alltag nicht kennst? Aus Amerika? Leute, hier ist einer aus Amerika, ein Schriftsteller! – Dann soll er mal schreiben über das alles! – Er wird nicht gedruckt in Amerika, sagt er. – Sag ihm, hier wird er auch nicht gedruckt werden, wenn er schreibt, wie's ist."

Er schreibt, wie's ist. Und wird nicht gedruckt. Das ist ein Scheißspiel, findet er. Und startet einen Bodensee-Marathon. Legt sich mit den Mächtigen an. Kriegt sein Fett dafür. Kaum eines seiner Bücher darf erscheinen. Schön, denkt er, werden sie halt in der Bundesrepublik erscheinen. Das heißt: So schön ist das auch nicht für einen DDR-Schriftsteller. Aber immerhin noch erträglich für einen Menschen, den niemand und nichts jemals hat mundtot machen oder brechen können. Für alles, woran er glaubt, kämpft dieser Mensch sein Leben lang weiter, und es wird schwerer und schwerer für ihn, aber das ist ihm egal, ihn müssen noch viele Schläge treffen, bevor ihn der Schlag trifft.

Und damit sind wir wieder bei dem, was für mich Dreh- und Angelpunkt im Leben meines Freundes Stefan ist – nämlich beim Stichwort vom „armen Baby Sozialismus", das man zu heilen versuchen muß. Daß dies nötiger ist als alles andere, hat Heym spätestens erkannt, seit er in der DDR ist. Wunderbar, lieber Stefan, hast du einmal übersetzt, was der schottische Autor Robert Burns geschrieben hat: „Der Mäuse und der Menschen best-durchdachte

Pläne/ geh'n oft schief." Und spätestens seit du in der DDR bist, weißt du, warum sie so oft schiefgeh'n.

Die Menschheit hat einen Haufen großartiger Pläne entwickelt, oder sagen wir Ideen. Da wäre zum Beispiel der Kommunismus. Oder, ihm ungemein verwandt, das Christentum. Großartig sind diese Ideen allerdings nur, solange sie nicht in die Hände von Ideologen geraten. Und das tun sie leider immer. Und in den Händen von Ideologen werden sie bis zur Unkenntlichkeit verändert und schädlich. Gestatten die Herrschaften, daß ich auf die Verbrechen der katholischen Kirche hinweise. Und auch auf jene des Kommunismus, dieser Idee, die viele der größten Geister der Welt in ihren Bann schlug, als sie noch jung war und wunderbar.

Später, das hat Stefan Heym auch erkennen müssen, existieren dann nur zwei Möglichkeiten: Entweder man gibt den Glauben an den Sozialismus auf, oder man versucht ihn zu heilen. Da wären wir wieder, verehrte Damen und Herren. Und so geht das also weiter: Während Ideologen und Bonzen und Dummköpfe und Lumpen und Verbrecher, jawohl, Verbrecher, mehr und mehr unternehmen, um das Baby zu töten, kämpft dieser Stefan Heym härter und härter darum, das Baby zu heilen, den schielenden, O-beinigen armen Wurm Sozialismus mit dem Grind auf dem Kopf, der einmal – bevor er in die Hände von Verbrechern geriet – ein gesundes, schönes Baby gewesen ist, ähnlich dem anderen in jener Krippe im Stall – sein Baby, durch dessen Kraft und Macht anständige Menschen in einer anständigen Welt ein anständiges Leben führen könnten, sollten, dürften – *werden,* sagte Stefan Heym, *werden.*

Und darum kuscht er niemals und nennt Irrtum immer Irrtum und Unrecht immer Unrecht, und das ist natürlich unerträglich für die Bonzen und Betonköpfe, die seine Bücher verboten haben, und darum gibt es bald schon ein Geheimdokument, das die zuständige Abteilung des Zentralkomitees unter dem Signum der Leitung des Schriftstellerverbandes verfaßt und vervielfältigt hat und das den Namen trägt „Information über die publizistische Tätigkeit des Stefan Heym". Das ist vielleicht ein Sündenregister. Junge, Junge! Ein lebensgefährlicher Staatsfeind, dieser Heym. Mißachtet und negiert die kollektive Weisheit der Partei und des Volkes. Schreibt in „verzerrter, objektivfeindlicher Sicht. Solch falsche Position führt zur direkten konterrevolutionären Forderung". Konterrevolution. Darauf steht Zuchthaus, wenn nicht der Galgen. Was schreibt Heym zu all dem? „Der Leser wird zugeben", schreibt er, „daß es für einen Schriftsteller nicht ohne Reiz ist, in einem Staate zu arbeiten, in dem, wie dieses Dokument bezeugt, seine Worte so ernst genommen werden."

Das schreibt sich leicht, wenn man die Bonzen nicht am Hals hat. Heym hat sie am Hals. Gefährlicher und gefährlicher. Vor Gericht kommt er. Aus dem Schriftstellerverband fliegt er. Die „konspirative Überwachung" wird angeordnet. Das ist kein Spaß mehr, Damen und Herren, oh nein, kein Spaß, das ist nicht mehr zum Lachen, das ist zum Heulen. So sehr Heym kämpft, so mutig er dauernd das Schlimmste riskiert in seinem Bemühen um ein gesundes Baby Sozialismus ohne Grind auf dem Kopf – so aussichtslos bleibt all sein Mühen, weil denen da oben dieses Baby vollkommen egal geworden ist. Und so erklären die Obergenossen, während sie das Land in Grund und Boden regieren, den Grind des Kindes zum sozialistischen Kopfschmuck. Und als auch das nichts nützt, schütten sie das Kind mit dem Bade aus. Aber weil es den Leuten nun reicht, gehen sie mit roten Fahnen auf die Straßen und rufen: „Wir sind das Volk!"

Ja, aber gleich darauf sind die roten Fahnen verschwunden, und an ihrer Stelle gibt es schwarzrotgoldene, und es heißt auch nicht mehr „Wir sind *das* Volk!", sondern „Wir sind *ein* Volk!", und bis zum heutigen Tag grübeln der Stefan Heym und ich und viele andere darüber, wo denn bloß derart schnell all die schwarzrotgoldenen Fahnen hergekommen sind und welcher geniale PR-Mann das Wörtchen *das* durch das Wörtchen *ein* ersetzt hat, denn damit ist schon der Weg frei für ein Unternehmen, welches sich in der Geschichte nie zuvor ereignet hat: Ein ganzes Land wird „abgewickelt". Rasend schnell geht das, der Ostblock bricht zusammen mit der großen Sowjetunion, welche einmal die Nazi-Armeen besiegt hat gemeinsam mit den Amerikanern, ach, ist das lange her, mittlerweile hat der Herr Präsident Reagan sie schon vor Jahren zum „Reich des Bösen" erklärt. Dieser Generalzusammenbruch ist möglich, weil da überall das arme kranke Baby Sozialismus unbehandelt geblieben und mit dem Bade ausgeschüttet worden ist, und so konnte der Sozialismus endlich vom Kapitalismus niedergerungen werden, und Stefan Heym (und viele andere, auch ich) erleben voll Fassungslosigkeit und Zorn, wie viele, viele, die einmal Linke waren, eine atemraubende Schußfahrt nach rechts unternehmen. Aber auch das haut den Heym nicht um, er schreibt und redet, er kämpft immer noch, was heißt, immer noch? Mehr denn je! Sehr verehrte Damen und Herren, hier sitzt ein Mann, der niemals seine Ideale verraten hat, ein Mann, der sich in den ärgsten Situationen und unter den schlimmsten Umständen treu geblieben ist, und vor so einem Mann verneige ich mich in tiefer Bewunderung. Und genauso verneige ich mich vor dir, geliebte Inge, die du denkst und handelst wie Stefan, dem du mit größter Tapferkeit und Klugheit unendlich geholfen hast, allzeit und überall, auch beim Entstehen seiner Bücher, die weltbekannt sind.

Was nun den Kapitalismus angeht – er trägt über *seinem* Grind einfach ein Toupet, schlau, wie? –, so habe ich ihn in seiner ganzen Schönheit kennengelernt, als ich im Fernsehen Nachrichten hörte und in ein und derselben Sendung der Sprecher sagte, daß ein berühmter deutscher Industriegigant, der im vergangenen Jahr seinen Gewinn wieder mehr als verdoppeln konnte, 10.000 Arbeiter entlassen hat, woraufhin seine Aktienkurse sogleich in schwindelnde Höhe geschnellt sind. Das dürfte die kürzeste Beantwortung der Frage sein, was Kapitalismus ist. Dieser Kapitalismus hat nun keinen Gegenspieler mehr, keinen, der ihn wenigstens halbwegs in Zaum hält, keinen, vor dem er wenigstens ein bißchen das Gesicht wahren muß, und deshalb kann er sich jetzt global unbarmherzig verwirklichen und Menschen körperlich und seelisch verwunden wie noch nie, und deshalb haben wir allein in Europa 25 Millionen Arbeitslose und werden sie nie mehr verlieren, im Gegenteil, es werden mehr und mehr werden, und bald wird weit mehr als ein Drittel der Menschheit unter der Elendsgrenze vegetieren, und nicht 40.000 Kinder werden täglich sterben an Hunger oder Krankheit, sondern 50.000, 60.000, vielleicht 70.000, und was Bundeskanzler Kohl heute über die Härte der künftigen Währung verspricht, das ist noch nicht einmal einen Hauch mehr wert als seine „blühenden Landschaften“ im Osten selig, und bevor hier jemanden wegen dieser ungeheuerlichen Bemerkung der Schlag trifft, will ich ganz schnell sagen, daß der letzte Satz nicht von mir ist, sondern von Rudolf Augstein, und daß man ihn nachlesen kann im *Spiegel* vom 13. April 1998.

Viele von den Guten, den Klugen, den Tapferen haben den Mut verloren. Sie wissen nicht mehr, wie sie das Große

Unglück aufhalten sollen, bevor es uns alle verschlingt, und das Wort „Sozialismus“ wagt kaum noch einer in den Mund zu nehmen. Doch! Da ist einer, Stefan Heym heißt er. Und er meint, eigentlich komme erst jetzt die Zeit, in der ein echter Sozialismus geschaffen werden kann. Es muß, sagt er, und ich zitiere, „nicht allzu lange dauern, bis wieder Leute kommen, die darüber nachdenken, wie man eine gerechtere Welt schaffen kann, auf besserer Grundlage als bisher, in der der Kopf und das Herz die entscheidenden Körperteile des Menschen sind, und nicht die Ellbogen.“ Hoffen wir, daß es schnell geht. *Happy birthday, dear Stefan, happy birthday to you!*

Ich werde ihn immer lieben
Nachruf auf Willy Brandt

Warschau, Dezember 1970, vor dem Mahnmal für die Opfer des Nationalsozialismus beim ehemaligen Eingang zum jüdischen Ghetto.

„Da kniete er, der das nicht nötig hat, für alle, die es nötig haben, aber nicht knien – weil sie es nicht wagen oder nicht können oder nicht wagen können", schrieb damals ein polnischer Journalist.

„Wir haben von keinem einzigen anderen deutschen Politiker auch nur einen ganz entfernt ähnlichen Ausdruck der Scham und der Bitte um Vergebung – nicht um Vergessen – erlebt", sagte mir 22 Jahre später ein polnischer Freund in Berlin bei den Begräbnisfeierlichkeiten für Willy Brandt. „Meine Eltern und ich und sehr viele andere haben geweint."

Ach, Freund aus Warschau, es haben auch viele Deutsche geweint, aber von sehr vielen, besonders deutschen Politikern, wurde Brandt wegen seines Kniefalls, der Menschen in der ganzen Welt erschütterte, gehaßt, geschmäht und verflucht, weil er „Deutschland verraten" habe.

Für die ganze Welt war Willy Brandt „der gute Deutsche", nein: „der gute Mensch, ein Deutscher". Für seine politischen Gegner war niemals eine Diffamierung zu schmutzig, eine Lüge zu widerwärtig, um ihn zu verletzen, um ihm zu schaden. Seine uneheliche Geburt prangerten jene christlichen Herren an, besonders in Wahlkämpfen, wenn sie argumentierten, man könne unmöglich einem Bastard die Stimme geben. Zu wissen begehrten sie, „was er während des Krieges draußen getan hat, wir wissen, was wir herinnen getan haben!" In „der Stunde von Deutschlands höchster Not", so hetzten sie, habe er „feige das Vaterland verlassen", ja sogar „auf deutsche Soldaten geschossen". Nein, vor keiner Verleumdung, auch nicht der gemeinsten, schreckten sie zurück. Nun, da er gestorben ist, „vergeben" ihm viele Deutsche, beileibe nicht alle.

Als ich ihn schon lange kannte, erzählte er mir einmal, dem Sinne nach, er hätte am Morgen jenes Dezembertages in Warschau überlegt, wie notwendig es sei, die Besonderheit dieses Gedenkens am Ghetto-Mahnmal zum Ausdruck zu bringen. Dann, unter der Last der jüngsten deutschen Geschichte mit ihren unsäglichen Verbrechen sei er in die Knie *gebrochen.* Und er hätte auch daran gedacht, daß Fanatismus und die Unterdrückung von Menschenrechten trotz Auschwitz kein Ende gefunden haben.

Wie fürchterlich bewahrheitet sich sein Gedanke von einst nun seit so vielen Monaten in unserem Land, da Nacht für Nacht Rechtsradikale und Neonazis Häuser in Flammen aufgehen lassen, Neugeborene und Kinder verbrennen, Frauen und Männer, Asylbewerber, die Ärmsten der Armen, tot oder halbtot schlagen, da sie jüdische Friedhöfe schänden und Mahnstätten auf den Geländen ehemaliger Konzentrationslager zerstören – und die Regierung in Bonn seit der großen Menschenhatz von Hoyerswerda vor einem Jahr sich nicht zu einer *einzigen* wirksamen Maßnahme gegen die rechten Mörder entschließen kann, da christliche Politiker nichts und nichts und nichts tun, um dem Terror Einhalt zu gebieten, da sie schweigen, schweigen, schweigen, keiner sich an den aberhundert Orten des Verbrechens sehen läßt und kein einziger sich bei den Opfern auch nur entschuldigt.

Wer von denen, die uns vorgeblich vertreten zum Nutzen und Frommen, erhebt seine Stimme und kämpft voll Leidenschaft gegen die neue gräßliche Gebärfreude des „Schoßes, aus dem das kroch"? Keiner.

Willy Brandt!

Er hätte sich den Verbrechern entgegengestellt und so die Anständigen im Land ermutigt, er hätte mit seiner Integrität und seinem Humanismus das faschistische Lumpenpack zum Schweigen gebracht. Niemals brauchten wir ihn so sehr wie nun, da er tot ist, und welch großes, großes Unglück ist das.

Willy Brandt war der Beste, den Deutschland seit Kriegsende auf politischem Gebiet (und weiß Gott nicht nur auf diesem) besaß. Mit seinem Tod endet für mich die Ära der letzten Hoffnung. Ich habe ihn verehrt, bewundert und geliebt, und ich werde ihn weiterlieben, bis ich sterbe.

„Das Böse tut niemals siegen.“ Eine Kindheitserinnerung

Sie hieß Mila Blehova, und sie stammte aus einem winzigen tschechischen „Stedtl“. Eine breite Entennase hatte sie und später, als sie älter wurde, ein prächtiges falsches Gebiß. Und ganz jung und ganz alt hatte sie das gütigste Gesicht, das ich in meinem Leben gesehen habe. Wenn man sie erblickte, wußte man: Diese Frau konnte niemals eine Lüge aussprechen, diese Frau war unfähig, Böses zu tun.

Die Mila war schon da, als ich auf die Welt kam, und sie blieb bei uns noch zwei Jahre nach Ende des Krieges. Sie nannte mich „Butzl“. Als junges Mädchen (erzählte sie mir später) war sie zum „Sokol“ gegangen, dem tschechischen Turner-Verband. Mit ihm hatte sie 1920 ein großes Fest in Wien besucht. Immer wieder schilderte sie dieses wunderbare Treffen, die Turnerei, die Feiern und Fahnen und Zelte und Lieder, und sie übersetzte mir die Texte, wenn sie diese Lieder sang mit hoher zittriger Stimme. Von Gerechtigkeit und von Freiheit war in den Texten die Rede.

Als ich noch ein kleiner Junge war, ging es meinem Vater zuerst sehr gut, denn er arbeitete schwer, und dann ging es ihm sehr schlecht, obwohl er nach wie vor sehr schwer arbeitete. Zwischen diesen beiden Abschnitten liegt der berühmte „Schwarze Freitag“ des Jahres 1929. Damals gab es einen internationalen Börsenkrach, wie es ihn seither nie wieder gegeben hat, und Millionen Menschen verloren in ein paar Stunden alles, was sie sich geschaffen hatten.

Die Geschichte aus der Zeit, in der ich noch klein war und die mir immer wieder einfällt, hat sich vor dem „Schwarzen Freitag" ereignet, als es uns noch gutging. Als es uns noch gutging, besaßen wir ein Haus in Mödling, das ist ein schöner Villenort etwa dreißig Kilometer vor Wien. Die Mila (sie hatte zwei „Madeln", die ihr halfen) kochte da und putzte und servierte, und sie verehrte den „gnä' Herrn", meinen Vater, denn der war Sozialdemokrat wie sie, und er hatte die gleichen Ansichten wie sie. Meine Eltern stammten aus Hamburg, und mein Vater war Jude und hatte in der Deutschen Sozialdemokratischen Partei eine große Rolle gespielt.

Zu dem Haus gehörte ein Park und ein mächtiger Garten. So viele Blumen waren da! Die Mila pflanzte und begoß und pflegte sie gemeinsam mit mir und sagte, wie die Blumen hießen, und lange Jahre meines Lebens wollte ich Gärtner werden. In diesem Garten bin ich immer sehr glücklich gewesen. Ein einziges Mal war ich sehr unglücklich, und das kam so. In der Zeit, in der es meinem Vater noch gutging, hatten wir zu jedem Wochenende viele Gäste – berühmte Schauspieler und bekannte Schriftsteller, Maler, Bildhauer, Regisseure, Wirtschaftsleute, Politiker und wunderschöne Damen, die süß dufteten – so wie die Blumen im Garten. Das Haus war groß. Es hatte viele Zimmer. In ihnen verbrachten manche Gäste meiner Eltern diese Wochenenden. Es kamen Menschen aus der ganzen Welt, Menschen mit verschiedenen Religionen und Meinungen und Berufen. Natürlich gab es auch immer ein paar Schnorrer unter ihnen. Mein Vater meinte, man solle die Schnorrer schnorren lassen, denn sie seien so arm, und so gab er ihnen stets alles, worum sie ihn baten.

Im Sommer saßen unsere Gäste auf der Terrasse oder auf der Wiese hinter dem Haus in Korbsesseln, tranken und rauchten und sprachen über neue Bücher und neue Theaterstücke und neue Bilder, über Politik und Wirtschaft und Medizin und über hundert andere interessante Dinge. Und die Mila und die zwei „Madeln“, die ihr halfen, hatten viel zu tun. Alle Gäste waren sehr, sehr gute Freunde meiner Eltern. Nach dem „Schwarzen Freitag“ blieben plötzlich von diesen vielen sehr, sehr guten Freunden nur einige wenige übrig. Das konnte ich damals noch nicht verstehen. Heute weiß ich, daß das immer so ist und so zu sein hat.

Seltsamerweise war ich stets das einzige Kind unter lauter Erwachsenen. Wo waren die Kinder unserer Gäste? Vielleicht hatten sie sie zu Hause gelassen, in der Obhut einer Erzieherin. Oder sie besaßen keine. Damals war es gerade schick, keine zu besitzen. Kinder, meine ich. Die guten Freunde meiner Eltern brachten mir, der ich zu meinem Entzücken stets dabeisein durfte, wenn die klugen Gespräche geführt wurden (nur um halb acht mußte ich ins Bett!), oft Geschenke mit – alles, was einem Jungen Freude macht.

Und nun kommt's.

An einem Freitagnachmittag trudelten sie wieder einmal ein. Sommer war es, die Blumen blühten, die Sonne schien. Viele Autos standen auf der Straße vor unserem Haus. Ihre Besitzer saßen im Garten und schlürften kühle Getränke und aßen Sandwiches und diskutierten. Mein Vater beteiligte sich fast nie an den Gesprächen. Er rauchte Pfeife und hörte zu. Ich hörte diesmal nicht aufmerksam zu. Diesmal war ich enorm beschäftigt. Ein Freund meiner Eltern – ich weiß nicht mehr, was für einen Beruf er hatte – war mit einer Tafel Schokolade erschienen. Oh, aber keiner gewöhnlichen Tafel! Es war die größte Tafel, die ich jemals gesehen hatte. Von einer so großen Tafel war mir noch nicht einmal ein Schemen im Traum erschienen. Einfach unfaßbar, wie groß diese Schokoladentafel war!

Mich erfaßte Begeisterung, nein, wilder Rausch! Und nachdem ich das Wunderding lange angestaunt hatte, riß ich das bunte Papier und das Silberpapier ab und stand nun da, die riesige Schokoladentafel in den kleinen Händen. Ich war so überwältigt, daß mir ganz schwindlig wurde. Ah, dachte ich, nun sollen sich aber auch alle anderen hier genauso freuen wie ich.

Jawohl!

Und so begann ich also von einem unserer guten Freunde zum anderen zu gehen. Bei jedem blieb ich stehen, brach ein Stück der Schokoladentafel ab und schenkte es ihm feierlich. So sehr glücklich war ich! So sehr glücklich sollten die anderen sein! Die Herrschaften sprachen über das neue Bett eines gewissen Herrn Wallenstein am Burgtheater und über Picassos neue „Periode" (was war das?) und über eine Frau, die hieß, also, das weiß ich noch, Vicki Baum, und über ein Buch von ihr, irgend etwas mit Hotel, das wurde gerade in Hollywood verfilmt, und mit den Chinesen und Japanern ging das auf keinen Fall so weiter, wenn das so weiterging, und eine neue Erfindung war im Kommen, „Kunststoff" hieß sie, ein paar sagten „Plastic", und da gab es einen Clown namens Hitler, über den lachten sich unsere Gäste fast kaputt, denn dieser Clown wollte Deutschland regieren, so hörte ich. Viele von denen, die damals lachten, sind dann, als dieser Clown Hitler Deutschland tatsächlich regierte (und Österreich dazu), umgebracht worden.

Meine Eltern lachten nicht. Und die Mila lachte auch nicht. Und mein Vater mußte fliehen, als die Nazis nach Österreich kamen. Ich habe ihn nie wiedergesehen, denn er starb im Januar 1945 in London, und alle seine Verwandten waren da schon ermordet worden. Gleich nach Vaters Flucht mußte meine Mutter jede Woche zur Gestapo im Hotel „Metropol" am Morzinplatz gehen, denn die Männer dort wollten wissen, wie SPD und SPÖ im Untergrund arbeiteten, und meine Mutter konnte es ihnen nicht sagen. Deshalb zwang man sie, immer wieder zu kommen.

Ich begleitete meine Mutter, fünfzehn Jahre alt war ich, und während sie verhört wurde, saß ich auf einer Bank vor dem Gestapo-Hauptquartier und bat den Lieben Gott, daß er meine Mutter wieder aus dem Hotel herauskommen ließ. Wenn sie dann kam, setzte sie sich neben mich und weinte. Und wenn wir heimkehrten, tröstete die Mila uns, und immer wieder sagte sie dasselbe: „Durchhalten müssen wir, der gnä' Herr in England beschützt uns alle, und krepieren werden sie, die blutigen Hund'! Das Böse tut niemals siegen. Niemals, gnä' Frau, niemals, Butzl! Manchmal dauert es sehr lang. Aber nie für immer tut es siegen, das Böse!" („Das Beese", sagte sie.)

Damals ging es uns *sehr* schlecht. Wir wohnten schon lange in einem anderen Haus, meine Mutter vermietete Zimmer, und sie und die Mila kochten für die Leute, die nun in den Zimmern lebten, und die Mila und meine Mutter machten die Zimmer sauber, und die Mila bekam schon lange kein Geld mehr für ihre Arbeit. Es war einfach zu wenig da. Die Mila hatte gesagt: „Schlag soll mich treffen, wenn ich was nehm' von gnä' Frau, wo ich doch zur Familie gehör'!" („geher".)

Ja, so war das dann später. Aber an jenem Nachmittag in unserem sonnigen Garten in Mödling, da lebten noch alle, auch mein Vater. Und ein kleiner Junge eilte emsig von einem Gast zum andern und brach ein Stück der großen Schokoladentafel ab und schenkte es her. Und wurde gestreichelt oder von den süß duftenden, wunderschönen Damen geküßt oder geherzt. Die Erwachsenen redeten dabei immer weiter über einen Mann, der hieß Oskar Brecht, und einen anderen, der hieß Bert Kokoschka, und sie redeten über diesen verrückten Hitler, während sie mir zulächelten und höflicherweise ihr Stück Schokolade auch aufaßen, denn ich blieb vor einem jeden von ihnen so lange stehen, bis er es hinuntergeschluckt hatte.

Es waren viele Gäste da. Und immer aufgeregter lief ich von einem zum andern, mein Gesicht war dunkelrot vor Aufregung und Freude darüber, allen Freude machen zu können, und ich lachte die ganze Zeit – nicht nur über diesen Clown, nein, auch über mich und meine Schenkerei.

Noch ein Stück! Und noch eines! Und noch eines!

Vom Haus her wehten die Klänge von Radiomusik. Ich lief und schenkte und lachte. Und dann, auf einmal, jäh, unvermittelt, blieb ich stehen. Und lachte nicht mehr. Sondern sah stumm meine braunverschmierten Hände an. Die waren leer! Ich hatte meine ganze Riesenschokoladentafel verschenkt. Alles. Bis auf das letzte Bröckchen. Nichts mehr war für mich da.

Na ja, und da lief ich dann ganz schnell davon in das kleine Wäldchen am Ende des Parks und setzte mich unter einen Baum und begann zu weinen und weinte und weinte, so, als ob ich nie wieder würde aufhören können zu weinen.

Ach, die Mila bemerkte es gleich.

Sie kam zu mir und streichelte mein Haar und versuchte mich zu trösten mit vielen guten Worten. Und als all die guten Worte nicht halfen, sagte sie: „Jesus, Maria und Josef, Butzl, jetzt hör bittschön endlich auf mit Weinen. Denk an was Schönes! Denk an Engel!"

Denk an Engel ...

Das klang derart komisch in meinen Ohren, daß ich einfach lachen *mußte.* Ich lachte und lachte so sehr, wie ich eben noch geweint hatte.

„Na also", sagte die Mila. „Siehst, wirkt schon, Butzl!"

Ach Mila, geliebte Mila ...

Die Haut auf unseren Zähnen
Ein Nachwort

Die Überschrift dieses Artikels ist die wörtliche Übersetzung von *The Skin Of Our Teeth,* einem Theaterstück Thornton Wilders, das nach dem Ende des Zweiten Weltkriegs auf zahllosen Bühnen der Welt gespielt wurde, bei uns unter dem Titel *Wir sind noch einmal davongekommen.*

The Skin Of Our Teeth bedeutet im Englischen sinngemäß „Um Haaresbreite". Thornton Wilder zeigte uns in *Wir sind noch einmal davongekommen* den Überlebenskampf der Menschheit, stellvertretend für diese durch die Familie Antrobus. Sie überlebt die Eiszeit, die größten Katastrophen und alle Kriege, alle. Und immer wieder macht Mr. Antrobus sich unverdrossen an Neuanfang und Wiederaufbau. Solch optimistische Botschaft vom unverwüstlichen Lebens- und Aufbauwillen des Menschen, selbst wenn er nichts mehr hat „als die Haut auf den Zähnen", fand nach 1945 natürlich gerade in Deutschland eine überwältigende Resonanz.

Wir alle, alle Menschen auf diesem kleinen Planeten, sind Verwandte von Mr. und Mrs. Antrobus. „Anthropos" bedeutet im Griechischen „Mensch". Ein neuer Krieg steht bevor, größer als jeder bisherige, und wir selbst haben die Gründe und Ursachen für ihn geschaffen durch unser Tun oder durch unser Nichtstun.

In Wilders Stück sagt das Hausmädchen Sabina: „Wir sind alle miteinander so schlecht, wie wir nur sein können."

Diese Feststellung war wohl niemals richtiger als in unseren Tagen, in welchen zwischen Mensch und Mensch nur noch Eiseskälte herrscht, Ethos ein historischer Begriff geworden ist und nicht das kleinste Gefühl von Mitleid, Hilfsbereitschaft, Zuneigung oder gar Nächstenliebe uns mehr verbindet. Für sehr viele ist das Leben eine reine Kosten-Nutzen-Rechnung, welche selbst die Vernichtung von Mitmenschen in Kauf nimmt, so übermächtig wütet der Wunsch nach Macht und der Zwang zum Erfolg in einer Welt, deren „Menschlichkeit" sich in einem einzigen Satz ausdrücken läßt: „Nur die Rendite zählt."

Solcherart moralisch gerüstet gehen wir Antrobusse in den Krieg, als Angegriffene, nicht als Angreifer, so schlecht, wie wir nur sein können, und nachdem wir so viel Böses getan haben, wie wir nur tun konnten.

Im vergangenen Jahrhundert beispielsweise haben wir, wie der große Gelehrte und Moralist Erwin Chargaff schrieb, in den Naturwissenschaften zweimal Grenzen überschritten, die wir unter allen Umständen hätten meiden müssen. Diese *Off Limits* wurden nicht respektiert. In beiden Fällen handelte es sich um die Zerstörung von Kernen – den Atomkern und den Zellkern.

Nun sind es Atombombe und Atomwaffen, die uns als erste den Krieg erklären, und es gibt keinen Schutz vor ihnen, nicht wahr, Mr. und Mrs. Antrobus!

Es gibt auch keinen Schutz gegen die Verwertung des mit unserem schweigenden Einverständnis zerstörten Zellkerns, keinen Schutz gegen die nunmehr möglichen vielfachen Manipulationen an Genen, diesen Bausteinen des Lebens, und so erklären die Gene uns nun als zweite den Krieg.

Das gesamte menschliche Genom wird in Kürze entschlüsselt und alle Gesundheitsrisiken und vorprogrammierten Krankheiten jedes einzelnen Mitglieds der sechs Milliarden großen Antrobus-Familie zu erkennen sein. Hier stehen grauenvollem Mißbrauch ebenso Tür und Tor offen wie beim Klonen von Lebewesen oder bei der Herstellung von Menschen nach Maß, beispielsweise Kampfmaschinen, also praktisch nicht zu besiegenden Soldaten, oder einer Bevölkerung, die gehorsam jede Meinung vertritt, ja verteidigt, die ihr von den Herstellern vorgegeben worden ist.

Als dritter Gegner erklärt uns die Natur den Krieg.

Wir haben ihn ihr zuerst erklärt, nun schlägt sie zurück. Mit dem irrsinnigen Verbrauch von CO_2 und Treibgasmitteln wie Fluorchlorkohlenwasserstoffen (FCKWs) haben wir die schützende Ozonschicht um unsere Erde zerstört und den Treibhauseffekt ausgelöst. Alle Proteste dagegen, alle internationalen Konferenzen sind ohne Ergebnis geblieben, und wir Antrobusse haben nicht laut aufgeschrien angesichts der Tatsache, daß sich die Industrie Politiker als Marionetten hält. Wie wollten und wie könnten wir uns also rechtfertigen, wenn alle Vegetation stirbt, wenn wegen der ultravioletten Lichteinstrahlung durch das immer größer werdende Ozonloch die Meere keinen Sauerstoff mehr produzieren, wenn Menschen mit Hautkrebs Schadenersatz verlangen, wenn Landwirte ihre verdorrte Ernte reklamieren, wenn Hungernde ihr Recht auf Nahrung einklagen, wenn der Meeresspiegel steigt und steigt und Städte wie Hamburg oder London zuletzt unter Wasser stehen.

Wie?

Meine sehr geliebte verstorbene Frau Lulu, einst Tänzerin an der Pariser Oper, sagte einmal: „Der Mensch sollte sich auf der Erde leichtfüßig bewegen und möglichst wenig Spuren hinterlassen."

Und schon 1987 sagte die berühmte Biophysikerin Kate Matthews: „Ein Anstieg der Welttemperatur auch nur um drei Grad Celsius würde das Weltklima jenseits der menschlichen Erfahrungen katapultieren. Ein Belastungszustand der Atmosphäre, der einen solchen Klimasprung unausweichlich macht, ist bereits um das Jahr 2030 zu erwarten – das ist von jetzt an nicht länger, als der Zweite Weltkrieg zurückliegt."

Wer wüßte nicht, daß *alle* Forschungen und Entwicklungen der Naturwissenschaften und der Technik zu *allen* Zeiten genau vom Militär beobachtet und mit riesigen finanziellen Mitteln gefördert werden, sofern sich auch nur der Schatten einer Chance zeigt, die Ergebnisse solcher Entwicklungen militärisch zu verwenden?

Nehmen wir bloß den Computer.

Joseph Weizenbaum, geboren in Berlin 1923, fast ein Leben lang tätig am Massachusetts Institute of Technology, dieser berühmte Informatiker und zugleich schärfste Kritiker seiner eigenen Arbeit, sagte: „Es ist eine Tatsache, daß der Computer im Vietnamkrieg geboren wurde. Man darf daher *nicht* sagen, er könne für Gutes und Böses verwendet werden und sei selbst wertfrei. In der Gesellschaft, in der wir leben, ist der Computer zu allererst ein militärisches Instrument. Sicher, es gibt Gewehre, die nur für Zielübungen benützt werden, aber in unserer Gesellschaft hat das Gewehr eben den Wert eines Gerätes, mit dem man Menschen töten kann … Manchmal, wenn ich sage, der Computer sei hauptsächlich ein Instrument des Militärs – und das bedeutet in unserer Welt ein Instrument des Massenmords –, wird mir vorgeworfen, daß ich die wohltätigen Anwendungen von Computern, zum Beispiel im Krankenhaus, nicht wahrnehme … Da habe ich mir schon vor langer Zeit eine Geschichte ausgedacht: Also, es gibt irgendwo ein Konzentrationslager, in dem alles, was überhaupt entschieden wird, zum Beispiel, wer heute wieviel zu essen bekommt, wer heute sterben muß, einem Computer überlassen bleibt. Da sprechen dann zwei Häftlinge miteinander, und der eine sagt: ‚Weißt du, es muß doch auch humane Anwendungen des Computers geben!' Und der andere erwidert: ‚Ja, sicherlich, aber nicht in einem Konzentrationslager!' Ich meine damit, daß der Computer in unsere verrückte Gesellschaft eingebettet ist genauso wie das Fernsehen. Alles ist in diese Gesellschaft eingebettet, und unsere Gesellschaft ist offensichtlich wahnsinnig."

So, offensichtlich wahnsinnig, schickt sich unsere Antrobus-Familie an, diesen neuen Krieg zu führen und, wie alle bisherigen Kriege, zu überleben in einer Zeit, in der es beispielsweise seit langem Computerviren gibt, die Flugzeuge vom Himmel fallen lassen, Krankenhäuser zu Totenhäusern und Schiffe zu schwimmenden Särgen machen können. *Mehr, viel mehr* vermögen Viren heute anzurichten! Innerhalb weniger Minuten können sie alle Einrichtungen auf der ganzen Welt zu chaotischem Stillstand bringen, Atomkraftwerke hochgehen und Atomkriege ausbrechen lassen. Und auch dagegen gibt es keinen Schutz, nicht wahr, Mr. und Mrs. Antrobus!

Erdbeben, Orkane, Regenstürme und Überschwemmungen von zuvor nie erlebter Stärke entsetzen uns immer öfter. Sie werden stärker und stärker werden – auf einer nach oben offenen Unheil-Skala. Riesige Gebiete – wie die schöne Côte d'Azur – werden schon bald versteppt sein, und wir Antrobusse werden diesen Krieg auch führen müssen um jedes verbliebene Wasserloch. In Sibirien wird das Eis tauen und gigantische Bodenschätze freilegen – und gegen wen werden wir Antrobusse da zu kämpfen haben? Wer wird diese Bodenschätze unter allen Umständen besitzen wollen? – Die *Global Players*!

Zur allgemeinen Freude ist der (allerdings längst total pervertierte) Kommunismus zusammengebrochen und mit ihm die Sowjetunion und der gesamte Ostblock. Nun erleben wir einen gnadenlosen globalen Kapitalismus, in dem es Rassenhaß und Fremdenfeindlichkeit gibt sowie, allein in der Europäischen Union, 25 Millionen Arbeitslose. Und in dieser schönen neuen Welt geben Industriegiganten bekannt, daß sich ihr Gewinn im vergangenen Jahr wiederum verdoppelt hat und man Tausende von Arbeitern entlassen konnte, woraufhin die Aktien solcher Giganten an der Börse sofort hochschnellen.

Dazu kommt eine neue Entwicklung bei diesen Riesen: das Fusionsfieber. Riesen schließen sich mit Riesen zusammen zum größten Arzneimittelkonzern! Zur größten Versicherung! Zur größten Bank! Zum größten Stahlriesen! Zum größten Autohersteller!

Bei jeder dieser Fusionen werden selbstverständlich Mitarbeiter überflüssig, „freigesetzt" heißt das. Zwanzigtausend, fünfzigtausend Menschen werden arbeitslos. Denn nur „verschlankt" und mit steigenden Aktienkursen wächst die Macht der Riesenriesen und damit das Wichtigste: der *shareholder value!*

Natürlich wird derlei Tollheit ein schlimmes Ende nehmen, wenn auf der Welt erst einmal dreißig, fünfzig, hundertfünfzig Millionen Menschen keine Arbeit mehr haben und ohne Hoffnung sind, jemals noch Arbeit zu bekommen, Menschen, die nach dem Diktat dieser neuen Weltordnung leben, nein, vegetieren müssen – denn das ist der globale Kapitalismus: eine NEUE WELTORDNUNG. Solcherart könnte es doch dazu kommen, daß sich die Armen erheben und den Superreichen die Marmorpuppen in ihren Parks über die Schädel hauen.

Gewiß, gewiß, die *Global Players* haben ihre Schutztruppen, diese unsere feindlichen Antrobus-Verwandten. In vielen Familien gibt es widerliches Verwandten-Gesindel, aber dieses Gesindel der *Global Players* ist mächtig, und es hat nicht das geringste dagegen, wenn uns jetzt – viertens – auch die Wirtschaft den Krieg erklärt.

Im Gegenteil, die *Global Players* begrüßen den Kampf, denn da werden von uns vielen, allzu frechen Habenichtsen in der Familie, Gott sei Dank, endlich ein paar hundert Millionen krepieren, welche Erleichterung!

Nun denn, der Krieg beginnt. Fürchterlich ist er, grauenvoll, entsetzlich. Aber die Familie Antrobus, stellvertretend für den Überlebenskampf der Menschheit, überlebt ein weiteres Mal! Sie hat die Eiszeit überlebt, die größten Katastrophen und alle Kriege, alle. Natürlich auch diesmal mit schwersten Verlusten, natürlich auch diesmal nur noch „mit der Haut auf den Zähnen“. Aber überlebt *haben* wir, wir Antrobusse!

Und wenn der Krieg zu Ende ist, werden wir wieder Beethovens Neunte spielen mit dem Chorfinale im vierten Satz, in welchem die Worte erklingen: „Alle Menschen werden Brüder“. Und danach wird in die Hände gespuckt und zugepackt! Aber wie! Der unverwüstliche Lebens- und Aufbauwille von uns Antrobussen – dann wird er sich wieder einmal zeigen!

Toujours la même chose.

Ewig wird das so weitergehen.

Nicht bloß, weil wir alle miteinander so schlecht sind, wie wir nur sein können, sondern auch, weil wir alle miteinander absolut unbelehrbar sind und unbelehrbar bleiben werden.

Das ist es, woran ich glaube.

Verflucht, woran glauben *Sie*?

Textnachweis

Ganz kleine Kinderschuhe
Zuerst erschienen in: Neue Deutsche Literatur, Heft 5/1990

„Küßt die Faschisten, wo ihr sie trefft!"
Zuerst erschienen in: Vorwärts. Sozialdemokratisches Magazin, Juni 1989

Kleine Fanfare für einen großen Mann
Zuerst erschienen in: Stern, 3. Januar 1987

Verflucht sei Adolf Hitler
Zuerst erschienen in: DIE ZEIT, 14. Dezember 1984

Das Jüngste Gericht
Zuerst erschienen in: Abendzeitung, 20. Juni 1992

Wir sagen NEIN
Zuerst erschienen in: Abendzeitung, 1. Dezember 1992

Die Bienen sind verrückt geworden
Zuerst erschienen in: profil, 1. September 1987

Der Skandal um die Kinderkrebsklinik Düsseldorf
Zuerst erschienen in: Rheinische Post, 5. Juli 1980. Mit freundlicher Genehmigung des Verlags Droemer/Knaur/Schoeller & Co. entnommen aus: „Die Erde bleibt noch lange jung", Ascona 1981

Business as usual. Brief an Salman Rushdie
Zuerst erschienen in: taz, 29. Januar 1992

Uns alle trägt der Strom des Lebens
Mit freundlicher Genehmigung des Verlags Droemer/Knaur/Schoeller & Co. entnommen aus: „Die Erde bleibt noch lange jung“, Ascona 1981

Tod den Verfolgten – Gott segne die Massenmörder
Zuerst erschienen in: taz, 8. Oktober 1987

Gehorsam bis zum Tode
Zuerst erschienen in: profil, 23. Oktober 1995

Die Pelzschlampe. Hommage an Marlene Dietrich
Entnommen aus dem Band „Marlene Dietrich“, herausgegeben von der Kunst- und Ausstellungshalle der Bundesrepublik Deutschland, Bonn 1995

Armes Baby Sozialismus. Salut für Stefan Heym
Zuerst erschienen in: Neues Deutschland, 8. Mai 1998

„Das Böse tut niemals siegen.“ Eine Kindheitserinnerung
Zuerst erschienen in: DIE ZEIT, 31. März 1989

Bei allen anderen Texten handelt es sich um bislang unveröffentlichte Manuskripte und Reden.

Buchanzeigen